純潔の巫女と
千年の契り

純《じゅん》潔《けつ》の巫《み》女《こ》と千《せん》年《ねん》の契《ちぎ》り

橋《はし》本《もと》悠《ゆ》良《ら》
ILLUSTRATION：周《す》防《おう》佑《ゆう》未《み》

純潔の巫女と千年の契り

LYNX ROMANCE

CONTENTS

純潔の巫女と
千年の契り

——はるか昔、杜《もり》の泉に華の二神《ふたがみ》いませり。

一人は黒き蓮《はす》に宿りし力の神にて、名を黒蓮《こくれん》。また一人は白蘭《びゃくらん》の名を持つ知恵の神にて、白き蘭の花をその印《しるし》とす。

験《しるし》の巫女《みこ》、この二神に仕え、華和泉国栄華《はないずみのくにえいが》を極めり。


(……バチが当たる)

神楽《かぐら》の響きがスピーカーから流れ、新郎新婦がぎこちなく神前に進み出る。玉ぐしとなる榊《さかき》を手に、花泉美鈴《はないずみみすず》は俯《うつむ》きながら横手の定位置に足を運んだ。

すすけた柱と古い板壁の儀式殿《ぎしきでん》には、年代ものの神棚が鎮座している。蓮と胡蝶蘭《こちょうらん》をあしらったその意匠《いしょう》は美しかったが、建物全体はかなり寂《さび》れた雰囲気だ。微《かす》かな隙間風に揺れる紙垂《しで》が視界に入り、冬が来る前に何か対策をしなければと、美鈴は頭の隅でぼんやり考えていた。

今でこそ凋落《ちょうらく》の一途を辿《たど》る華和泉神社だったが、元を糺《ただ》せば千年以上の歴史を誇る由緒《ゆいしょ》正しき古社《こしゃ》である。その系譜は、花の神々とともに一国を治めた験の巫女の時代にまで遡《さかのぼ》る。——今や、その面影はまったくどこにもないのだけれど……。

その寂れた儀式殿に入場してきた親族は、しかし、ほうっと一様にため息を漏《も》らした。白い小袖《こそで》に赤い袴《はかま》、長いかもじを垂らした美鈴の姿にしばし目を留め、頬《ほお》を染めながら各自の椅子《いす》に向かう。不思議に思って見返す美鈴の耳に「綺麗《きれい》な巫女さんねぇ」と囁《ささや》く声が届いて、ヒヤリと嫌な汗が背中を流れた。できれば、あまり見ないでください…と胸の裡《うち》で一人願う。

一同が席に着くと、斎主《さいしゅ》である神主が全員の頭上を小麻《こぬさ》で清めた。一拝して祝詞《のりと》を奏上《そうじょう》。頭で段取りを追いながら、新郎新婦の前に立ち、朱塗りの銚子で三三九度の盃《さかずき》を満たしていく。花嫁を忘れて巫女に見とれる新郎に、微かに眉をひそめかけ慌《あわ》ててそれを戒《いまし》めた。御神前である。

そうでなくとも、美鈴は今、大変許されがたい状況にわが身を置いているのだ。なるべくなら、これ以上神様の機嫌を損ねたくはない。

最後に斎主とともに全員で一拝し、式はつつがなく終了した。

参列者を送り出せば、巫女としての美鈴の業務も完了である。写真を一緒になどと言われぬように、視線は極力伏せておく。ここまで問題はないはずだ。最後の親族が表へ出ると、儀式殿の扉を静かに…できるだけ静かに、それでもギギギ…と嫌な音が後を引くけれど、とにかく静かに閉めた。

そうしてへたりと席の一つに崩れ落ち、深いため息にして緊張を吐き出す。

「はぁあ……」

大安吉日、本日二組目の結婚式が無事に終わった。ミッションクリアである。

けれど美鈴は、頬杖をつくともう一度ため息を吐《つ》いた。白く小さな顔に睫《まつ》毛《げ》の長い大きな瞳、綺麗に整った鼻や口元は、楚々《そそ》としていながら可憐《かれん》である。軽くひそめた眉だけが、人形のような顔立ちに表情を添えていた。ほっそりとしなやかな身体《からだ》に柔らかい膨《ふく》らみはないが、それがかえって清楚な印象を際立たせている。

恐ろしいことに、全くバレなかった。人の目には……。

「でも、神様にはバレバレだよね…」

美鈴が立派に二十歳《はたち》の男であることなど、きっと余裕でバレている。胸の裡に淀《よど》んだ心配事が頭をもたげ、憂鬱《ゆううつ》な気分で視線を落とした。

奥の隠し戸をガタガタと鳴らし、控室からひょっこり先ほどの神主が顔を出した。美鈴の祖父だ。

「美鈴、サンキューじゃ！」

ニコニコ笑う祖父に、美鈴は胡乱《うろん》な視線を投げた。

「おじいちゃん、巫女さんのバイト代がないってどういうこと？」

美少女のごとき面差《おもざ》しがひくりと小さく引き攣《つ》る。大人しく控えめに思われがちな美鈴だが、馴染《なじ》んだ相手にならば、意外に頑固《がんこ》で負けん気な一面も表に出てくる。ひたりと視線を据《す》えれば、なまじ綺麗に整った顔だけに、それだけで妙な迫力があった。

「また、誰かにお金貸したの？」

腰の引けた祖父——名を鈴虎《すずとら》という——は、年寄りのくせにかわいいと評判の白い眉を下げ、口の中で何やらもごもごご言い訳を始めた。

もごもごの中身は、華和泉商店街でだんご屋を営むアキラさんがお金を落として家賃が払えないとか、そんなことのようだ。

「それ、本気で信じてる？　今年だけでもう三度目だよ？　しかも、アキラさんだけじゃないでしょ。豆腐屋の厳《げん》さんに、蕎麦《そば》屋の長《ちょう》さんに、それから……」

いくら人がいいといっても、ものには限度がある。神社にだってそうそう余裕があるわけではないのだ。むしろ余所《よそ》よりないくらいである。

儀式殿に続く廊下はギシギシいうし、雨漏りしている場所が少なくとも三ヶ所はある。拝殿《はいでん》の戸はどういうわけだか開け閉めするたび外れかけるし、一度外れるとなかなか元に収まってくれない。境《けい》内《だい》や参道は木が茂り過ぎて昼でも薄暗く、痴漢が出ると噂《うわさ》される始末だ。

森林浴などと悠長なことを言っていられるレベルではない。このままでは参拝客の数も減り、ちょこちょこと投げ込まれる賽銭《さいせん》箱の中身にも影響が出る。あれだって、塵《ちり》も積もればなんとかなのに。

「……あ、あれじゃな。美鈴が先週二十歳になっておってよかったわい。うちのしきたりで成人するまでは神事に関わるのはええぬじーじゃからの」

NG……。男が巫女になるのはNGじゃないのか。美鈴の中でふつふつと怒りに似た感情が沸騰《ふっとう》し始める。

「それにしても、よう似合っとるぞ。死んだ鈴菜《すずな》に生き写しじゃ。おまえの母さんは美人巫女っちゅうんで大人気じゃったからのー」

美鈴が小学校に上がる頃、父とともに車の事故で逝《い》った母。確かに綺麗な人だった。そして美鈴はその母にそっくりだと言われている。

「そうじゃ！　美鈴。このさい、うちの神社の専属巫女としてやっていかんか？」

「………」

ビシッと音を立てて、白い額に青筋が浮かぶ。頭に載せた黒髪のかつらをおもむろに摑《つか》むと、美鈴はそれを勢いよく脱ぎ捨てた。

「そんなこと、できるわけないだろっ」

言いたいことは山ほどあったが、ふいに眩暈《めまい》に襲われる。立ち上がりかけた身体を椅子に沈め、押し付けるようにして祖父にかつらを預けた。ここ最近頻繁《ひんぱん》に起こるこの眩暈こそ、美鈴の心に焦《あせ》りと不安をもたらす要因の一つだった。

「どうしたんじゃ？　どこか具合でも悪いのか？」

このところ大学も休んでいるだろうと眉を寄せる祖父に「なんでもない」と首を振り、心の影を隠すように片手で顔を覆う。

「言い合いをしたかったわけじゃないんだ…。ただ、少し気を付けて欲しいと思っただけで…」

「美鈴、おまえ……」

「大丈夫。何も心配することないから…」

まっすぐ視線を合わせられず、代わりに美鈴はずいぶん白くなった祖父の髪を見つめる。祖父のお人よしは筋金入りだ。今に始まったことではない。けれど…。

（もし、ぼくに何かあったら…）

睫毛を伏せて、椅子から立ち上がる。心配する祖父に「大丈夫だから」と繰り返し、どうにか笑みを作って儀式殿を後にした。

ギシギシと鳴る拝殿への渡り廊下を進みながら、そっと右手の肘《ひじ》を摑む。

二十歳の誕生日を迎えた頃から、その場所には小さな痣《あざ》が現れ始めた。蓮の花の形をした薄青の美しい痣だ……。

痣の現れ始めた頃から、美鈴の身体はどこかおかしかった。神社や自宅にいる時にはまだよかったが、町を歩いていると急に寒気がしたり、ひどい時には立っていられないほどの眩暈に襲われたりする。病院に行ってもどこがどう悪いということもない。それでも、身体の芯から力が失われてゆくような、あるいは闇に引き込まれてゆくような嫌な眩暈は、たびたび美鈴を襲うのだった。

この痣にどんな意味があるのか、美鈴ははっきりとは知らない。ただ、何か不吉なもののように思えて、祖父にも言い出すことができなかった。

俯いたまま拝殿を巡る縁側まで来ると、足を止めて境内を見渡した。祖父と二人で最低限の手入れはしていても、とても行き届いているとは言い難《がた》い。敷地の裏手から風に運ばれ飛んできた細かな枯れ葉や小枝の切れ端が、掃き清めたばかりの地面を汚して、人の去った後の境内を侘《わび》しく見せていた。

もし自分の身に何かあったら、人の良過ぎる祖父一人でどうやってこの神社を守れるだろう。千年以上の長きに亘《わた》って、花の神々が眠るという泉を守り続けてきた古社……。その華和泉神社は、今や朽《く》ちかけた古木のように倒れる寸前だった。

母を含めて、神事に携《たずさ》わる花泉家の人間は多くが短命だった。祖父のような年齢まで生きる者のほうが珍しいのだ。納戸《なんど》の古い家系図から知ってしまった事実と、このところの眩暈や寒気を考え合わせ、美鈴は微かに背を震わせた。

自分の中の、命を支える大切なものが失われ始めている。

右肘に視線を落とし、大きくなる不安を唇を嚙《か》んでやり過ごす。そうしながら、どうか…と誰にともなく願っていた。どうか、助けてくださいと、どこへ届くともわからない願いを胸の裡に繰り返していた。


――夢を見た……。

一面に咲く艶《つや》やかな黒い蓮の花と、それを囲む純白の胡蝶蘭が、泉を埋め尽くして揺れている。幼い日に一度だけ目にした光景が、薄い靄《もや》の中に浮かび上がる。

あれは、母を亡くした数日後のことだ。二の鳥居《とりい》の先にある泉の祠《ほこら》を前に、美鈴は一人泣いていた。

『――おかあさんに、会わせてください』

美鈴は六つ。願いが叶《かな》えられることはなかった。

だが、暖かな光があたりに満ちて、二種類の花が泉に咲き乱れた。花は美鈴を守るように柔らかな光を放ち、その光に包み込まれて美鈴はいつしか泣き止《や》んでいた。

祠には二人の神様が祀《まつ》られている。黒い蓮に宿る力の神様と、白い蘭を印にする知恵の神様だ。姿は見えなくとも、そこに神様はいてくれる。一人ではないのだという思いが心に灯《あか》りを灯《とも》し、父と母を亡くした悲しみをそっと和《やわ》らげてくれる気がした。

泉で花を見た者はほかになく、その花の思い出は美鈴一人だけのものだ。

「………」

ふいに目が覚めた。窓の外には小さな半月がかかるだけで、まだ朝の光はない。

ベッドに横たわったまま、夢の欠片《かけら》を拾う。その欠片は、もうあまり時間はないのだと美鈴に囁いている気がした。右の袖を捲《まく》り上げると、肘の内側には花の形の痣が、弱い月明かりに照らされて青く浮かび上がる。

医者にかかった後も、家庭向けの医学書を調べたりネットで検索したりしてみたが、どこにも思い当たるような症例は見つからなかった。身体の内側にある命の砂が知らぬ間に流れ落ちてゆく感覚は、きっと医療や科学の知識で説明できることではないのだろう。

(だけど……)

ゆっくりと起き上がった美鈴は、素足のままで床の上に降り立った。

カーテンの隙間から漏れる微かな月明かりを頼りに、そっと部屋を出る。古びた床を時おり小さく軋《きし》ませて、母屋《おもや》の長い廊下を西の外れにある祖父の部屋まで進んでいった。そうしながら、胸の裡の不安をため息に乗せて低く吐き出す。

美鈴には、父や母の記憶がほとんどない。それでも自分を不幸だと思ったことがないのは、祖父が十分に慈《いつく》しんでくれたからだ。人が良過ぎていつも誰かを助けてばかりで、少しは自分のことも考えて欲しいと、そのことだけが美鈴とのケンカの種で、あとはどんなことでも、祖父はできる限り美鈴の願いを聞こうとした。美鈴一人を残して死なないで欲しいと無茶な願いを口にした時も笑って指切りを交わし、花泉家の者としてはかなりの高齢に達した今も、それを守ってそばにいてくれる。

なのに美鈴は、その祖父に何も返していない。感謝の言葉さえ十分に伝え切れてはいなかった。

カタカタと鳴る襖《ふすま》をなるべく音を立てずに引き、眠る祖父の顔を静かに見下ろす。どこか悪戯《いたずら》な生き生きとした瞳が隠れると、その顔はいつもよりずっと年老いて見えた。

ふいに涙が零《こぼ》れ、いてもたってもいられなくなる。足早に部屋へ戻ると、手近なシャツとジーンズを身に着け白み始めた外へと足を踏み出した。天頂には冴《さ》え冴《ざ》えとした半月が白く光る。

美鈴を失えば、祖父は生きる気力をなくしてしまうかもしれない。そして、その祖父が大切に守ってきた神社も千年以上の歴史に幕を下ろすのだ……。

肌に冷たい明け方の湿った空気の中を、美鈴は二の鳥居の先を目指して進んでいった。身体の芯には大きな洞《うろ》が広がり、そこに満ちるはずの何かが欠けたままで、足を運ぶだけでも呼吸が上がる。

それでも、今行かなければ、何かが間に合わなくなる。焦りにも似た確信が美鈴の心を駆り立て、力のない身体を無理にも前へと進ませる。神社で生まれ育ったことや、幼い日の記憶のせいもあるだろうが、もっと本能に近い部分で美鈴は信じていた。

泉には神様がいる。

六歳のあの日に見た花は、決して幻ではなかった。神様はそこにいるのだ。

大樹に囲まれた半月状の泉のほとりに、小さな古い祠はある。その前まで来ると、美鈴は精一杯背筋を伸ばして姿勢を正した。何度か深呼吸を繰り返し、上がる息を整える。静寂の中で胸の鼓動《こどう》だけが耳に響いていた。

心を落ち着け、厳《おごそ》かに二拝すると澄んだ柏手《かしわで》を二つ打つ。

しんと静まり返った空気が徐々に密度を増し、やがてザワリと木々の葉を鳴らして風が吹きつける。泉の水面《みなも》が強く波立ち、互いにぶつかり合う枝が大きな音を立てた。

背中で一斉に産毛《うぶげ》が逆立《さかだ》つ。

畏怖《いふ》を通り越して恐怖にも似たものが身体を震わせるが、腹の底に力を込めて耐えた。

(神様…。もし今もここにいるのなら、出てきて姿を見せて。そして、ぼくの中に広がる闇と洞とを、どうか遠ざけてください……)

祖父や神社のことなど、言葉で言い表せない思いも込めて、あの日ここにいたはずの花の二神を呼ぶ。

「神様……っ」

ひときわ重い空気の塊《かたまり》が一陣の突風となって美鈴に吹きつける。

身体を押されて後ろに転びかけ、慌てて開いた目の前で、祠の扉がゆっくりと開かれてゆくのを見た。祠の内側からは光が溢《あふ》れ出し、フラッシュを焚《た》いたかのような強く眩《まばゆ》いその光に全てがのみ込まれてゆく。

どのくらい経《た》ったのか、気付くと祠の扉は再び閉じられていた。足元で何かが光り、見ればそこには祠から投げ出されたかのように、金銀二つの鈴が淡い輝きを放っている。

(……鈴?)

恐る恐る拾い上げると、リン……と澄んだ音色《ねいろ》が杜中の大気に満ちる。にわかに背後の泉が明るく輝き始め、慌てて振り返った美鈴は息ごとピタリと、動きを止めた。

靄のように立ち上る黄金の光の中、泉の水面に現れたのは漆黒《しっこく》の蓮の花だ。かつて一度だけ目にした太古《たいこ》の闇のごとき黒花が、泉を覆《おお》い尽くすように次々に花を付け始める。

それを囲むように漂う銀色の光からは、見事な胡蝶蘭の白い花が現れる。優美で華やかな大輪の白が、伸び上がる蓮の黒に呼応するかのように、白銀の光をまとい泉の縁《ふち》を埋め尽くした。

そして……。

麻痺《まひ》したように瞬《まばた》きもせず、美鈴はただ、目の前の光景を見つめていた。

眩い光の粒はさらに漂い続ける。やがて黄金の光は硬質な美貌《びぼう》を湛《たた》えた黒髪の男の姿に変わり、白銀の光からは、柔らかな微笑《びしょう》を湛えた美しい青年の姿が形作られていった。

（これは、何…？）

「呼んだのは、おまえか」

問われた言葉に、答えを返す余裕はなかった。たった今目にしたことが信じられず、身じろぎもせずに立ち尽くす。

眩《まぶ》しい光に包まれた二つの姿に、何度か瞳を瞬く。光の粒が空気に溶け込むように消えてゆくと、目の前の男たちの姿が徐々にはっきりと見え始めた。

右手に立った男の完璧な美貌に、まず圧倒された。漆黒の髪と瞳を持つその男は、長身と長い手足のせいで細身に見えたが、しなやかな筋肉に覆われた肢体《したい》には強靭《きょうじん》さが漲《みなぎ》っている。硬質で整った顔立ちに表情はなく、それが男を不機嫌に見せていた。途方もなく美しかったが、同時にその完璧さが

少し恐ろしかった。

　一方、左手の青年は、同じく長身でありながらほっそりと優しげな佇《たたず》まいをしていた。明るい髪色と透き通る瞳の色が、完全な調和を保つ美しい顔を彩る。輝くほどの華やかな美貌でありながら、こちらの青年は少しも怖くはない。むしろその柔らかな微笑で、隣に立つ男の恐ろしさを中和しているかのようだ。

（いったい、この人たちは……？）

　神々しいまでに美しい姿にしばし見とれる。だが、やがて二人が一糸《いっし》まとわぬ姿であることに、美鈴は気付いた。

　思わず息をのむ。

　二人は服を着ていなかった。下着さえも。

　視線を彷徨《さまよ》わせるのと同時に、心臓が全力で動き出す。同性の裸を目にしたことがないとは言わないが、あまりに美しい裸体からは心をざわめかせる危険な香りが漂う。

　なぜ、と思うのと同時に、全体に許容範囲を超え始めた緊張と混乱、そこに数日来の身体的な不調も重なり、視界がすうっとフェイドアウトしてゆく。目が回る…というのはこんな感覚だろうかと、頭の隅で一瞬思ったのを最後に、美鈴の意識はどこか遠いところへ吸い込まれていった。

さらりと絹の擦《こす》れる音を、薄い闇の底で聞いた気がした。

節《ふし》のしっかりした長い指が髪を梳《す》き、その指先から金色の細い糸のような光が少しずつ美鈴の中に流れ込む。ゆっくりと時間をかけて、流れ落ちる光の砂が命の器に深く降り積もっていった。

小さく凍《こご》えかけていた心臓が、柔らかな温かさを取り戻す。夢の中をゆらゆらと漂っていた魂は、囁くような絹の音と額に触れた指先に応えて目を覚まそうとした。

「この痣は、黒蓮の験だね」

「ああ…。戦いの巫女にしては、面構《つらがま》えが弱いが仕方ないだろう」

聞き慣れない声に伏せていた睫毛を上げると、瞳の先で美しい男が美鈴を見下ろしていた。

（……誰？）

「気が付いたな」

ぶっきらぼうな言葉とともに、黒い着物の袖と長い指が美鈴の髪から離れていく。咄嗟《とっさ》に名残《なごり》惜しさを感じて目で追うと、硬質な瞳が「なんだ？」と問うように美鈴を見た。

「白蘭、神主のじいさんを呼んできてくれ」

（白蘭…？）

耳に届いた名にはどこか聞き覚えがあったが、半分眠った意識からはするりと零れ落ちてゆく。

もう一度目を閉じた美鈴は、すっきりと軽くなった身体を感じ、あれ？　と心の中で首を傾《かし》げた。

再び開いた視界の隅を白い着物が横切り、カタカタと鳴る襖を引いて祖父を呼ぶ声がした。続いて戸《と》惑《まど》う様子の足音が近付いてくる。

「美鈴が験の巫女というのは…」

「確かだ。これを見ろ」

黒髪の男のかたわらに膝をつき、祖父は緩《ゆる》い袖の下に示された美鈴の右腕を覗《のぞ》き込む。そこに十円玉ほどの薄い痣を見つけると、呆《あき》れたような顔で美鈴を見た。

「どうしたんじゃ、こんなところに痣なんぞ作って…。どこで打ったんじゃ？」

痛くはないかと問う祖父は、痣をただの痣として見ている。何か不吉なものではと考えていた美鈴は、その反応に少し拍子《ひょうし》抜けした。

それに対し、黒髪の男は怪訝《けげん》な様子を見せる。

「…この痣が何かを、知らないのか？」

「これが、どうかしたんですかの？」

「験だ。戦いの巫女…俺の巫女の。おまえはこの神社の主《あるじ》だろう？　知らないはずがない」

もう一度美鈴の痣を見つめ、祖父は困ったように眉を下げた。

「験がどんなものかは…、何も伝わっておりませぬのじゃ。花泉家の者は代々早死にしてしもうたし、験の巫女の話も…。何にせ、ずいぶんと昔のことですのでの…」

花の神々と験の巫女の物語は、この地に華和泉神社が置かれた所以《ゆえん》として古くから伝わっている。だが、実のところ、神様や巫女が実在したとはあまり考えられていなかった。それは、一種のお伽噺《とぎばなし》か伝説のようなものだと思われてきたのだ。

控えめに祖父が説明すると、男の眉間には深い皺《しわ》が寄った。言葉に詰まったまま、苦々しげに布団の反対側を見る。そこには白い着物の、これもまた輝くばかりに美しい男が静かに控えていた。

身体が軽くなっていた美鈴は、一人横になっているのも居心地悪い気がして、起き上がろうと身じろいだ。だが、それを制するように黒髪の男の手が胸の上に置かれる。なんだろうかと見上げる美鈴の目に、眉間の深い皺が映り、同時に困惑した視線が返される。

「待て。神主の話も聞き捨てならんが、おまえも…」

抱き上げた時にも気になったと言いながら、大きな手のひらは何かを確かめるように移動してゆく。何をするのかと思っているうちに、その手はあろうことか、美鈴の足の間にある大事なものにまで、触れた。

「ひ、やぁ……っ」

真っ赤になって飛び起きた美鈴は、逃げるように手近にいた人物にしがみつく。唐突になんてことをするのだ。驚いて耳まで火照《ほて》った顔を白い着物に埋めて隠した。しがみつかれた男は、美鈴の背を抱き「なんだかかわいい」と笑う。その声に慌てて離れようとするが、なぜかしっかりと抱き込まれて身動きができなかった。

「その巫女は、男か」

「そうみたいだね」

背後から聞こえる男の声は、唸《うな》るような低いものになる。

「験のことは伝わらず…、その上、巫女は男になったというのか」

「さあ…。でも、こんなにかわいくて美人なら、別に男の子でもいいんじゃない？　花泉の血と、験の痣。それも今まで見たこともないくらい綺麗な文様《もんよう》だし」

この子はまぎれもなく黒蓮の巫女だよ――からかいのこもった声で白い着物の男が言う。見上げたその顔には、眩いとしか言いようのないキラキラした笑みが浮かべられていた。背中側にいる男といい、世の中にはずいぶんと美しい人間がいるものだ。

けれど、この二人はいったい……。

視線で問うように祖父を見ると、ひどくあっさりと答えが返る。

「こちらが黒蓮さまで、そちらの白い着物の方が白蘭さまじゃよ。美鈴も名前くらいは知っておろう。うちの神社の神様じゃ」

神様じゃ……？

一瞬、なんのことを言われているのか戸惑う。

確かにちょっと見ないようなとんでもない美形ではあるが、どう見ても目の前にいる二人は人間で、神様とは違うのではないだろうか。

（なんか…、何言ってんのかな、おじいちゃん……）

力が抜けて笑いそうになるが、背後から聞こえた厳しい声にビクリと跳《は》ねてそれをのみ込む。

「いろいろ問題はあるようだが、動けるようになったのなら今すぐ俺たちを花に返せ」

振り向いた美鈴に、黒髪の男――黒蓮は続ける。

「そもそも呼び出すほどの用ではないだろう。力を埋めるだけなら、むしろ身体は邪魔だ。俺たちを人の姿にして呼ぶのは必要な時だけにしろ」

何を言われているのかわからず見つめ返していると、苛立《いらだ》ちを増した目に睨《にら》まれる。

「おまえが呼んだんだろう。俺たちを呼べるのは、験の巫女だけだからな。まさか、返し方もわからないと言うのではあるまいな」

完璧過ぎる形状の目に見据えられると、何も悪いことはしていないと思うのに視線がウロウロと泳いでゆく。「呼んだ」という意味も、「花に返す」という意味も美鈴にはわからなかった。どうなんだと問い詰められても、恐る恐る「わからない」と答えるしかない。だが、その答えに、ビシッとさらに深い縦皺がせっかくの端整な眉間を割る。

「呼び出すだけの力を持ちながら、返し方がわからないだと？　そんなバカな話があるか」

黒蓮と目を合わせられず、白い着物をぎゅっと摑んだ。ひんやりとした指が額に伸びてきて、慌てて美鈴は着物から手を離す。

「白蘭、どういうことか説明しろ」

鋭い視線を受けた白い着物の男――白蘭は「ちょっとごめんね」と言いながら、伸ばした手をそのまま美鈴の額に当てた。ぽつりと銀色の光が灯った気がしたが、それは流れ込んでくるのではなく心にそっと触れるようにして通り過ぎる。決して不快なものではなく、むしろ心地よく感じるが、同時になんだろうと不思議に思う。

「素直な心だねぇ…。すごく綺麗だ」

感心したように呟《つぶや》かれて、視線だけを動かして見上げた。華やかな顔には可笑《おか》しそうな笑みが浮かんでいる。

「黒蓮。どうやらこの子…美鈴は、本当に何も知らないみたいだよ。それに、なんて言うか…僕たちのこと、全然信じてないみたい」

くすくす笑われて、ぎょっとする。

「な、なんで…？」

「ああ、ごめんね。全部ではないけど、こうしていると巫女の心はある程度まで見えるんだよ。それを守るのが、僕の役目だから」

返された答えに驚く。超能力？　と目を瞠《みは》っているとそんなようなものだと頷《うなず》かれて、驚きが増す。

「美鈴の望まないところまでは見えないから、安心して」と続けられるが、それ以前に、そんなことが本当にできるのだろうかと疑いたい。どういう技だろう。

祖父を振り返ると、神妙な様子で成り行きを見ている。

「鈴虎さんの話からすると、験の巫女のことは存在すらちゃんと伝わってないみたいだし、返し方がわからないのも無理はないと思う。なぜ呼び出せたのかは不思議だけど…。ただ、僕たちの助けなしでは巫女は長くは生きられなかっただろうから、実体化のことが伝わっていないのは本当だろうね」

「他人事のように言うな。誰のせいで千年も眠りについたと思ってる」

ジロリと睨む黒蓮の視線に、白蘭は苦く笑う。交わされる言葉の内容はまったく理解できなかったが、二人の助けがなければ巫女は長くは生きられないという部分が引っかかった。

瞳の揺れを見透かして、白蘭が答える。

「長くは生きられないんだよ。その痣のせいで」

ザワリと体内で血が泡立つ。ひどい眩暈の原因が痣にあるという美鈴の直感は、間違っていなかったのだろうか。

「その痣には浄化《じょうか》の力がある。土地に持ち込まれる災いの種を、痣は浄化するんだ」

「…浄化？」

「気の流れを整え、清浄な状態にする力…とでも言えばいいかな」

要するに、汚れや穢《けが》れを取り除くのだと説明される。

「巫女の命を糧《かて》にしてね」

巫女は自分の命を削って浄化をする。その生命力の欠落を埋めるのが、黒蓮と白蘭の主な役割なのだと言う。身体は黒蓮が、心については白蘭が負担を和らげる。騎の巫女の浄化の力は大き過ぎて、そうしなければとても人一人の身では長くは持たないのだと教えられた。

そして、その大きな力ゆえに、騎の巫女はかつて一国を治める地位にあったのだと続けられ、古い言い伝えが美鈴の頭に浮かんだ。

（はるか、昔…）

『――はるか昔、杜の泉に華の二神いませり。

一人は黒き蓮に宿りし力の神にて、名を黒蓮。また一人は白蘭の名を持つ知恵の神にて、白き蘭の花をその印とす。

騎の巫女、この二神に仕え、華和泉国栄華を極めり』

納戸の古い巻物に記された華和泉神社の謂《いわ》れを示す物語だ。かつてこの地には小さいながらも豊かに栄えた国があり、そこを治めていたのが験の巫女と呼ばれる特別な巫女だった。花の神々の言葉を聞き、その姿を見ることができたと言われている。そして、その助けを得て国を導いたのだと…。

しかし、ある時…。花の神、黒蓮と白蘭は長い眠りにつくことになる。その二神の眠る泉を守るために、それまでの神殿は華和泉神社となってこの地に残された。およそ、千年前のことだ。

「ただ、痣は常に現れるというわけではないんだ」

白蘭の言葉に、美鈴は意識を戻す。

「験の巫女が不在の間はほかの巫女が代わりを務めてきた。…それが花泉家だよ。この家の血筋には、僅《わず》かながら浄化の能力を持つ者がいたし、験の巫女を最も多く輩出したのもこの家だったから」

そして花泉家から出た験の巫女は、例外なく抜きん出た力を持っていたと言う。

花泉の血と、験の痣…。最初に白蘭が口にした言葉が、頭の中にぼんやり浮かぶ。

(本当に…？)

二人を神様と信じることにはまだかなり抵抗があるが、話の内容には心が動かされた。ことに身体の不調や花泉家の者の寿命の短さに一応の説明が付くことに興味を引かれる。

それまで黙っていた祖父が、いつになく真摯《しんし》な様子で白蘭に聞いた。

「お二人が現れなすったのなら、美鈴はもう大丈夫なんじゃろうか？」

白蘭が微笑《ほほえ》む。

「勿論《もちろん》だよ。僕たちとともにある験の巫女は、普通の人間よりずっと長く生きる」

「必要以上にな」

この言葉を聞いて、祖父はほっと滲《にじ》むような笑みを浮かべた。美鈴の身体がおかしいことなどとうに気付いていたのだ。そして、心の奥で深く心配してくれていたのである。

しかし、それにしてもみじんも二人を疑う気配がなく、信じて安堵《あんど》し切っているのが気になる。どうしてそんなに簡単に信じられるのかと呆れかけるが、ふと目に入った白い着物の地模様に、美鈴はさらに動揺した。すぐに振り返り黒い着物にも視線を走らせる。

光の反射を受けて浮き上がる黒い着物の地模様にも、目の前の白い着物の織りにも見覚えがある。緻密《ちみつ》に織られた絹に美しく浮かび上がるのは蓮の花と蘭の花だ。神棚や拝殿の意匠にも使われるもので、美鈴の腕の痣もそれとよく似た形をしている。

（でも、この着物は…）

それは、美鈴の母が仕立てたものだった。泉の水脈に生える桑《くわ》だけで育てた蚕《かいこ》、その繭《まゆ》から採《と》れる希少な生糸《きいと》で織った独特の地模様を持つ絹は、数十年に一度だけ織られる特別なものだ。花泉の血を引く者が正式に神社の巫女になる時に、神様に奉じる着物のために使われる。同時に古い装束《しょうぞく》は焚き上げられるので、同じものは二枚と存在しないはずだった。

そして、この黒と白の一対の着物が人に着られることはない。なぜならそれは花の神々のための装束で、それ以外の者が袖を通すことは許されないからだ。だが、今目の前にいる二人はそれを着ている。つまり…。

（おじいちゃん、完全に信じてるんだ……）

何しろ騙《だま》されやすい性格なので、ありうる。

どうしたものかと、思案に暮れかけた美鈴の背後で、苛立ちを含んだ声が言う。

「事情は理解したが、だからと言ってこのままでいいはずはない。白蘭、なんとか方法を考えろ」

少し待ってと目を閉じ、白蘭は滑《なめ》らかな額に指を当てて静止する。その姿は、何かの美術品のようだった。

やがて開かれた瞳は、遠いところを見てきたような不思議な深みを帯びて銀色に輝いていた。

「納戸の資料を調べれば、そこに答えが見つかると思う」

「…時間がかかりそうか」

「うん。悪いけど」

頷く白蘭に、黒蓮はため息を漏らす。

「おまえが言うからには、その通りになるんだろうな…。仕方がない。待つしかなかろう」

その不思議なやり取りを聞いていた祖父は「ならば今いるこの部屋を、しばらくの間使って欲しい」と言い出す。美鈴は慌てた。まだ美鈴にとって二人は見ず知らずの他人と同じで、そんな相手と一つ屋根の下に暮らすことには、正直かなり抵抗がある。

だが、そんな美鈴の狼狽《ろうばい》を余所に、話はあっさりとまとまった。祖父が簡単に家の間取りを説明する。かなり傷《いた》んだ母屋の中で一番まともなのが今いる和室の続き間で、玄関の東側には、美鈴の部屋と水回りがあるだけだ。西側にはだいぶ昔に改築したＬＤＫと小さな和室、その奥に祖父の寝室と書斎、それにたくさんの資料や古い品を収納している広い納戸があった。

納戸にだけは鍵がかかっていたが、美鈴にさえ滅多に預けたことのないその鍵を、祖父はなんの抵抗もなく白蘭に手渡した。そして「わしは朝飯の支度《したく》があるんでの」とさっさと部屋を出ていってしまう。二人がドロボウだったらどうするのだろうかと心配になる。

残された部屋で、ぎこちなく正座をしたまま黒と白の着物を着た男たちをそっと見比べた。

(神様って言われても……)

やっぱり、人にしか見えない。

「なんだ。何か言いたいことがあるならはっきり言え」

切れ長の黒い瞳にジロリと見られて、美鈴は落ち着きなく視線を彷徨わせる。すると、もう一度「はっきりとしろ」とやや強く言われて、なんだか少し怖くなった。

「おまえ、それでも戦いの巫女か」

そんなことを言われても困る。今初めて聞いたことだし、そもそも美鈴は未《いま》だ二人を神様だとは信じ切れていない。それをうまく言葉にして言えればいいのだが、相手に失礼にならずに言うにはどうすれば…などと考えるうちにまた黙り込んでしまい、黒蓮の苛立ちに拍車をかけた。どうにもいたたまれなくなった頃、ようやく白蘭が「まあまあ」と助け船を出す。

祖父はあんな性格だし、美鈴がしっかりしなくてはと思うのだが、慣れない相手にそうそう強く出られるほうでもない。ドロボウだったらと不安なくせに、流されるように祖父の決めたことに従ってしまう自分が情けなくもあった。

（悪い人たちには見えないけど……）

それでも気を付けたほうが…と、なけなしの警戒心をかき集める。

どうしてこんなことになってしまったのだろう。居心地の悪い状態に泣きたくなりながら、美鈴は密かにため息を吐いた。


子どもの頃、美鈴は近所の祭りに足を運んだことがなかった。花泉家の人間は、二十歳になるまで神事に関わることを禁じられていたからだ。

祖父に置いていかれた居心地の悪い部屋で、それでもどうにか会話の糸口に見つけた浄化についての話の中で、美鈴はその理由を知った。子どものほうが強い力を持つことが多く、コントロールする能力も拙《つたな》い。そのために命を落とすことが多かったせいだろうと白蘭が教えてくれたのだ。

「コントロールする能力がないのは、おまえも子ども並みだな」

黒蓮に揶揄《やゆ》されたところで、「支度ができた」と祖父が呼びに来た。

何しろ急なことだったので、食卓に並ぶのはふだんと同じ一汁三菜の簡素なメニューだ。昨夜の残りのカボチャの煮物、冷凍庫にあった塩鮭《しおざけ》、オクラと山芋のおひたし、豆腐とわかめのお味噌汁《みそしる》、そして麦入りのごはんである……。もし本当に神様だったら気を悪くしそうなくらい庶民的な食事だ。

けれども白蘭は「千年前に比べたらかなり立派な朝ごはんだよ」と目を輝かせ、黙ったまま綺麗な所作《しょさ》で次々と食器を空にしてゆく黒蓮も、文句はなさそうだった。神様でないならただの居候《いそうろう》になるのだから、文句を言われても困るのだが、それでも美鈴はほっとした。

そして、食事を一緒に取ったことで多少は緊張も和らいだ。空腹が満たされた黒蓮から剣呑《けんのん》な気配が薄れたせいもあるし、ふだん通りの呑気《のんき》さに戻った祖父とにこやかな白蘭の影響も大きかった。

「とりあえず、納戸の記録を見てみようか」

食事が済んで少しすると、白蘭に促《うなが》された。古い書物や巻物の中にはそれなりに価値のあるものもあったが、宝物殿《ほうもつでん》などという立派なものはない。一応鍵をかけた納戸に、時代ごとに整理された状態で置いてあるだけだ。

その中から白蘭は、かなり古い年代の綴《つづ》りをいくつか選び出してパラパラと捲《めく》った。およそ千年前のものだ。

「実体化に関わることは巫女にだけ伝えられる秘儀《ひぎ》の一つだから、普通の記録には残されてないはずなんだ。ヒントがあるとすれば、この中だと思う」

いくつかの綴りを手渡される。薄く滑らかな和紙は、とても千年を経てきたとは思えないほどしっかりしていたが、そこに書かれている文字はやはりずいぶんと古いものだ。変体仮名《へんたいがな》と呼ばれる古典の資料などで見かけるもので、高校の授業で軽く勉強した気はするが、それだけで容易に読めるものではない。

「白蘭…さんは、この字が読めるの？」

「まあ、文字は普通に読めるけど……」

白蘭でいいよと軽く微笑んで「ただ…」と続ける。

「これは、験の巫女が自分のためにに書いたものなんだ」

ごく個人的な、日記のようなものだと言う。

「そして、僕たちは決して読まないと約束している」

「え、でも千年も前の人なんでしょ？」

いくらなんでも時効ではないかと思うが、白蘭は困ったように首を振る。

「巫女との間で交わした約束は、たとえ千年経とうと違《たが》えることはできない。もしそんなことをしたら、僕らはまた千年眠ることになる」

「千年、眠る…？」

不思議なことを言うと思った。

「美鈴はまだ、僕たちのことを信じていないいんだったね」

柔らかく問われて「それは、あの…」と口ごもり、結局「ごめんなさい」と頭を下げた。クスリと笑われ、「なんだか、ほんとにかわいいねえ」と言われるが、どうしていいか対応に困ってしまう。

「まあ、いきなり現れた、どう見ても人にしか見えない男二人を神様と思えと言うほうに無理があるよね。今の時代は、怪しい新興宗教とかも多いらしいし」

そう言いながら、ふいに白蘭は美鈴を引き寄せた。

「だから、もう少しだけ僕も力を見せようかな。黒蓮のは、さっきのでわかっただろうし…」

「さ、さっきって？」

「身体の中に力をもらったでしょ？」

言われて、きょとんとしていると、軽く額を突《つ》かれて、はっとする。

（あ…。あの、金色の光…？）

「実体化していなければ、黒蓮も僕も、もっと簡単に力を分けてあげられるんだけど…。身体を持つと境界が邪魔するから、触れたところからしか送り込めないんだ」

だからちょっと不便なんだよ、と笑いながら美鈴の左耳のあたりを長い指の先で触れる。他人の手に触れられた経験の少ない美鈴は、落ち着かない気分で微かに身体を強張《こわば》らせた。「ごめんね」と綺麗に笑い、白蘭はその整った顔を至近距離にまで寄せた。

「……っ」

驚いて首を竦《すく》めると、微かに笑う気配がしてコツンと額を合わされる。

咄嗟に閉じた瞼《まぶた》の裏に、金と銀の光が交差する。続いて、黒い蓮と白い蘭の花が咲き乱れる杜の泉が浮かび上がってきた。

（なに……？）

朝の光景に似ているが、どこか様子が違う。祠の前には小さな子どもが一人蹲《うずくま》っていた。

『覚えてる…？』

直接脳に語りかけるようにして、言葉が届く。

『……昔、美鈴は一度、僕たちを呼んだね』

祠の前の小さな子どもは、六歳の美鈴だった。背中を震わせ、時々肩でしゃくり上げながら祠に向かって一心に祈っている。

——神様、おかあさんに会わせてください。

胸の奥にさざ波が立つ。

『ひどく悲しげな光が見えたから、つい様子を見に泉の外に出てしまったんだ。決められた千年にはまだ少し時間があったんだけど…』

脳内に語りかける声は柔らかく温かい。その温かさは、あの日美鈴を包んだ光と同じものだ。

母の死を思い出し波のように広がり始めていた悲しさが、凪《な》いでゆく気がした。

あの時には二人の姿を見ることはなく、ただキラキラと光る花と泉だけが、美鈴の目には映っていた。

『そう…。でも僕たちはそこにいた。美鈴はまだ験の巫女ではなかったから、この姿を見ることはなかったけどね』

瞼の裏の映像が滲んで、次にどこまでも遮《さえぎ》るもののない青く透き通る空が浮かび上がった。その澄んだ青に溶け込むようにして、黒蓮と白蘭の美しい姿が揺らめいている。

『これが、験の巫女が見る僕たちの姿。実体化していなければ、いつでもこんなふうにそばに現れることができる。心や身体にダメージを受けても、すぐに力を分けてあげられるしね。ただ、ほかの巫女や普通の人間にこの姿を見ることはできないけど』

ふいにその全てが消え、次は何がと思っていると、白蘭の額が離れていった。目を開くと、それまで瞼の裏に見えていたのと同じ美しい姿が現れる。

（どうして……）

何かのトリックを疑いたくても、泉で花を見たことは美鈴以外の誰も知らないことだ。

「僕たちが只人《ただびと》の前にこの姿を見せるのは、かなり稀《まれ》なことなんだ。験の巫女が現れたとしても、ふだんはその巫女と通じるだけで十分だし、実体化することにメリットはないから」

「メリット…？」

「さっきも言ったように、身体がある状態は不便なんだよ。なければどこへでも瞬時に移動できるし、ものや人の中に入り込んで一体になることもできる。身体があると、この身体ごと移動しなければならないし、触れたところからしか力や情報のやり取りができない」

だから、人の姿でいたくないのだろうか。

「でも…、じゃあどうして、こんなふうに人の姿になることがあるの？」

銀色にも見える淡い瞳で「どうしてだと思う？」と逆に問われて、全く見当もつかない美鈴は首を振るしかない。

「巫女にとっては、何か都合のいいことがあったんじゃないかな？」

美鈴は首を傾げる。白蘭はどこか冷たく呟いた。

「僕たちを、利用できる」

利用…。思いもしなかった言葉に、美鈴は白蘭を見つめ返した。少しして白蘭の口元がふっと緩む。

「つまりね、目に見える僕たちの姿は、験の巫女の力を示すよい道具になったらしい。国をまとめるために、自分の後ろ盾として本当に氏神《うじがみ》がいると見せることがね。ただの巫女とは違うと誇示したかったのかもしれないな。まあ、僕たちにも民にもいい迷惑なんだけど」

　自分たちの着物や食べ物を用意することは、国や民にとってかなりの負担だったはずだと言われ、確かにそうかもしれないと思う。千年前の生活に詳しくなくても、神様である二人をもてなすことは今よりずっと大変だっただろうことは想像できる。

　身体のある状態は不便なだけでなく、神様をもてなすために人々に負担を強《し》いるから、あまりその姿にはなりたくないということらしい。さらに、権威を示すためだけに自分たちを呼び出す巫女の行動を、あまり快く思っていないようだった。

（だから、黒蓮は最初からあんなに不機嫌だったのかな…？）

「…だったら、返し方、早く探さなきゃね」

　今の姿が二人にとって不本意なもので、それを返せるのは美鈴だけだと言うのなら、知らないで済ませては申し訳ないだろう。

「信じてくれるの？」

　信じる、というよりも、六歳のあの日、泉に咲いた花に本当に二人がいてくれたということが、美鈴の心にすっと収まっていた。力を見せられて信じた部分もあっただろうが、かつて二人が美鈴のために現れてくれたことに、純粋な感謝の気持ちが芽生えていたのだ。

「あの時、花が咲くのを見て、誰かがそばにいてくれると思ったら、すごく安心できた。あの…、出てきてくれて、ありがと……」

　少し照れながらぎこちなく礼を言うと、白蘭は僅かに目を見開く。それから再び零れるような笑顔を見せ、美鈴の身体を引き寄せた。

「素直にお礼を言われるのは、気持ちのいいものだね。最初に見た時から姿形は好みだなと思ったけど、美鈴はほんとにかわいい。性格も気に入りそうだよ」

少し掠《かす》れた声が耳元で囁く。

「ねえ、美鈴。実体化した身体ってほとんど人と変わらないんだよ？」

「そ、そうなの？」

「そう。食事もするし、トイレにも行く。その気になればセックスだってできる」

さらっと、すごく生々しいことを言われた…。真っ赤になった美鈴は、至近距離で微笑む綺麗過ぎる顔から、泳がせるように視線を逸《そ》らした。

（な、なんか、白蘭て……）

ものすごいフェロモンがダダ漏れている。天然の「たらし」という単語が思い浮かんだが、一応相手は神様と納得したところである。ひどくドキドキさせられながらも、なんとかその失礼なイメージを頭から振り払った。

だが、密室に二人という状況が急に気になってしまい、慌てて話題を変える。

「そ、それじゃ、急いでこれを読み解かなくちゃ」

手にした綴りを白蘭との間に掲げて、さりげなく身体を離す。

「うん。できそう？」

「う……」

言ってはみたものの、実際にはどこから手を付けていいかもわからない。黒蓮と白蘭は、文字は読めても読んではいけないことになっていると言うし…。

「急いでるんだよね……」

途方に暮れかけていると、神社に出仕《しゅっし》する前に様子を見に来た祖父が、さらりと提案してきた。

「古い記録を調べるんじゃったら、楓《かえで》を呼んでみてはどうかの」

「楓を…？」

楓は、生まれた時からの幼馴染《おさななじ》みだ。古くから華和泉商店街で酒屋を営む時任《ときとう》家の長男で、幼稚園から小中高、はては大学までも同じところに進んでいる美鈴の数少ない親友でもある。

「楓ならそういったことは得意じゃろう。大学でも勉強しとるはずじゃからの」

その通りだった。将来は酒屋を継ぐだけだからと、大学では趣味の古代史を専攻している。その上、時任家は山伏《やまぶし》の家系で、楓も神社の事情に通じていた。これ以上の適任者はたぶんいない。

だが、はたしてほかの人間に見せてもいいものだろうか。迷っていると、口に出す前に「美鈴が信頼できる相手なら構わない」と白蘭が答える。

「巫女が下々の者に仕事を任せるのは、珍しいことじゃないからね」

下々の…。白蘭の口にした単語には苦笑してしまったが、楓が信頼できることは確かだ。神社の起源について興味があると言っていたので、おそらく断られはしないだろう。

リビングに戻ると、黒蓮が建具《たてぐ》を開けたり閉めたりしながら何やら難しい顔をしていた。

「おい。なんだってこんな状態のまま放っておくんだ。少しは手を入れたらどうだ」

できることならそうしたいのだが、先立つものがないので仕方ないのだ。ただ、そんなことを説明するのも情けなくて、ここでも美鈴はつい黙り込んでしまった。

「おまえ、その口は飾りか？」

「え…？」

「聞かれたことには答えろ。言いたいことがあるなら、はっきり言え」

鋭い瞳が、射るようにまっすぐ美鈴に向けられる。何か答えなければいけないのだとわかったけれど、言葉がうまく見つからない。

「あ、あの…、いろいろ事情があって…」

「事情とはなんだ？」

「それは…」

お金がないことは恥ずかしいことではないけれど、それを口に出して言うのはまた別の問題だ。部屋着のような服装で往来を歩くことや、電車の中でものを食べたりすることに羞恥《しゅうち》を感じるタイプの美鈴には、とても口に出して言えることではなかった。

そうしてまた黙ってしまった美鈴に黒蓮が眉をひそめる。

だが、美鈴の心情を知ってか知らずか、隣から白蘭があっさりと言い切ってくれた。

「お金がないんだね」

「そ…っ」

ぱっと顔を赤らめた美鈴を、白蘭が諭《さと》す。

「恥ずかしがることはないよ。僕たちは身内みたいなものなんだから。神社を立て直すことは僕たちのためでもあるし、むしろはっきりわかっていたほうがやりやすいからね」

「…神社を、立て直す？」

白蘭の言葉に顔を上げる。そんなことができるのだろうか。

「しばらくこの姿でいることになりそうだし、少し手伝うことにするよ」

「本当に…？」

本当に手伝ってくれるのかということより、本当に神社は立て直せるのかという疑問が強くて問い返していた。時代とともに寂れてきた華和泉神社は、今や風前の灯《ともしび》と言える危機的な経済状態にある。どんなにお金がなくても、建物その他の維持費は削れない。必要な修繕費が賄《まかな》えず、借金までしていることを美鈴は最近知ってしまった。

返せる当てのない借金だ。いつだったか差し押さえになった神社があったと聞いたが、とても他人《ひと》事とは思えなかった。

そのどちらも肯定するように、白蘭は笑みを見せる。知らずに強張っていた美鈴の肩から重い荷を取り去るような美しい笑顔に、つられて美鈴の頬にも安堵の笑みが浮かんだ。

「やけに親切だな。責任でも感じてるのか。それとも、そいつが気に入ったか」

「両方かな」

白蘭の答えに、黒蓮の眉が微かに上がる。そして、小さく鼻を鳴らしたかと思うと、釘を刺すように続けた。

「珍しいこともあるものだな。だが、忘れるな。そいつは俺の巫女だ」

「わかってるよ」

黒蓮の巫女って、なんだろう？　と思ったが、ジロリと睨まれて慌てて目を逸らす。何か美鈴の中の弱さを見透かすような黒蓮の視線はやはり苦手だった。

それから神様二人は、神社の建物を見て回ったり、千年の間にずいぶん変化した生活様式を確認したりし始めた。美鈴にはやることが山ほどあったので、好きにしてもらうことにする。少ない予算をやりくりして少しでも見栄えのいい食事を用意し、いつもより念入りに風呂の掃除をして、せっかく回復した体力をかなり使い果たす勢いで働く。

客間に布団を敷き終え、父の古い浴衣《ゆかた》――祖父や美鈴のものでは二人にとうていサイズが合わなそうだったので、納戸の奥からどうにか数枚を見つけ出した――を脱衣室に用意すると、ぐったりとソファに沈み込んだ。

しばらくの間大変だなと思う。

(でも、身体の芯が軽い…)

あまりに突拍子のない出来事が一度に起こり、何がなんだかまだしっかりとは理解できていない。それでも、長い眠りにあった神様が目覚め、そのおかげで自分は助かったらしいということはわかった。その上、神社の未来にも微かな光が差し始めたような気がする。

(なんだかいろいろビックリだったけど…、よかったみたい……)

ほっと息を吐き出すと、次の瞬間にはもう意識は眠りの底にあった。居間から寝室にどうやって移動したのかも覚えていない。ただ、ここ数日忘れていた深く安らかな眠りが、身体と心に積もった澱《おり》をゆっくりと取り去ってゆくのがわかった。


清々《すがすが》しい気分で目覚めた翌朝、朝食を終えると、早速白蘭が切り出した。

「美鈴、楓とかいう子を呼んでもらえる？」

「あ、うん」

ケータイを取り出し、楓にメールを入れる。内容について少し迷い「お願いがある」とだけ入力するのを、二人が珍しそうに見ていた。

一瞬後に「すぐ行く」と返信があり、その言葉の通り五分も経たずに楓は母屋の玄関をガタガタ鳴らした。コツのいるそれを器用に開けて、神社に出仕する祖父とすれ違いざまに挨拶《あいさつ》を交わしている。

床鳴りのする廊下に足音が響き、ダイニングの硝子《ガラス》戸が勢いよく引かれた。

「美鈴、大丈夫か」

少し慌てて走り込んできた楓は、何日か大学を休んでいた美鈴を心配していたらしい。だが、ダイニングにいるのが美鈴一人ではないことに気付くと、僅かな戸惑いを見せて足を止めた。

それぞれを紹介すると、楓の顔にははっきりと困惑の表情が浮かぶ。無理もない。

「……神様って、言ったか？」

神様二人は黙ってほうじ茶を啜《すす》っている。

楓の前にも湯飲みを置きながら、なんとかおおよその状況を説明した。意識を失ったせいであまりはっきりとは憶えていないのだが、とにかく泉で二人に会ったこと、二人が人の姿でいるのはイレギュラーな状態であること、本来の姿に戻す方法を知るために古い記録の調査を手伝って欲しいことなどを伝える。

痣や浄化については、美鈴自身ほとんど理解できていないので割愛《かつあい》した。依頼内容に関係することではないので構わないだろう。

熱い湯飲みを両手に包んで聞き入っていた楓は、話が終わると意外なほどあっさりとそれらを受け入れた。

「わかった。じいちゃんと美鈴が信じているなら、俺がどうこう言うことじゃないからな」

「え、いいの？」

頼みを断らなかったことより、二人を簡単に神様と認めた楓に驚く。

「完全に信じたわけじゃないけどな…。ただ、少なくともその装束を着ていられるってことは、まるっきりのインチキじゃないんだろう。神様のために巫女が仕立てる着物には、強い呪《しゅ》がかけられている。普通の人間が袖を通して平気でいられるはずないからな」

「…そうなの？」

「知らなかったのか？」

知らなかった…。

「糸にも織り出される文様にも力があると聞いているが、一番は焚き上げる際の煙だそうだ。太古から引き継がれてきた強力な呪を煙に乗せて移すらしい」

「へえ…」

神事から遠ざけられてきた美鈴より、楓のほうがよほどものを知っている。思えば祖父が二人を信じたのも、この着物のせいだったのかもしれない。真偽を確かめるために着せた可能性もあったが、何しろ祖父のすることなのでどうだろうかとも思う。

「いずれにしても、その書き物についてはわかった。要するに二人を戻す方法とか、ヒントみたいなものを探せばいいんだな？　納戸にある巻物や綴りには俺も興味があるし、喜んでやらせてもらうよ」

「よかった。ありがと、楓」

ほっと胸を撫《な》で下ろす。あの文字を解読しなければならないと知った時には、心底途方に暮れそうだったのだ。

「その点については、任せてもらって構わないけどな…」

依頼についてはさらりと引き受けた楓だったが、それとは別に言っておきたいことがあると言う。まったりとお茶を啜っている二人の神様を、探るような眼差《まなざ》しで交互に睨む。

「一応は信じておくが、こいつと一つ屋根の下にいて、万が一手を出すようなことがあれば神様だろうが黙ってないぜ」

「か、楓…？」

何を言い出すのだろう。

「こいつがこんなにぽよーんとしててこの顔で、今まで無事だったのは、常に俺がガードしてきたからなんだ。そうでなかったら今頃は……」

「ほう。文字通り山伏として巫女を守ってきたとは感心だな」

「確かに放っておいたら、あっという間に食べられちゃうよね、美鈴は」

「黒蓮…。白蘭まで何を……」

自分は男で、そんな心配はしてもらわなくても大丈夫なのにと思う。

コトンと湯飲みを置いて黒蓮が楓を見る。

「そういうおまえはどうなんだ。言っておくが、これはもう俺の巫女だぞ。おまえがこれに手を出すことも許されない」

「出すかよ。美鈴とは兄弟みたいなもんだ。こいつがやけに男にもてるのは確かだが、俺はそういう目で見たことはねえよ。…つうか、なんだよ。その、俺の巫女っていうのは」

「手を出す気がないならそれでいい。巫女の純潔を守ってきたことを褒《ほ》めておく」

「はあ…？　なんなんだよ、その言い草は…」

あからさまな不快の表情を浮かべた楓を目にして、美鈴は慌てて口を挟《はさ》む。

「あの、昨日から聞こうと思ってたんだけど、黒蓮の巫女とか白蘭の巫女とかってなんなの？」

どういう違いがあるのか聞きたかったのは本当だったが、それとは別に、楓が神様の怒りを買うようなことがないか心配だった。黒蓮のバチはなんだか痛そうな気がする。楓も「黒蓮の巫女」が何か気になるらしくすぐに矛《ほこ》を収めたので、美鈴はほっと胸を撫で下ろす。

楓の態度を気にする様子もなく、黒蓮が口を開く。

「俺の巫女なら、おまえのように右腕に痣が出る。白蘭の巫女なら、左の耳の後ろに出ることが多いな。どちらの巫女かはその痣で決まる」

右腕にチラリと視線を落とし、思い切って質問を続けてみた。

「それぞれの巫女に違いはあるの？」

「一応、俺の巫女なら戦いの巫女ということになるな。戦《いくさ》を必要とする戦乱の時代に現れることが多い。白蘭の巫女なら知恵の巫女だ」

「平和な時代に現れて、その時代は国が発展するとされているんだよ。ただ…」

「じゃあ、今は戦乱の時代ってこと？」

驚く美鈴に、白蘭が説明を加える。

「それが、必ずしもそうとは言えないんだよ。僕たちは互いに力を補う存在で、二人で一人みたいなところがあるからね。それに、前にも言ったけど験の巫女は常に現れるというわけでもない。何代か続くこともあれば、数十年単位で不在になることもある。そして、験が現れた時には、どちらの巫女であっても僕たち両方の助けが必要になる」

どういうことだろう。

「身体と心は、どちらも欠くことはできないからね」

「それじゃ、なんのために黒蓮の巫女とかって…？」

「それは…」

ここで、なぜか白蘭は苦笑する。黙って聞いていた楓が、疑問を口にする。

「人の姿になる状態…実体化と言ったか、それは験に関係なく、どっちも呼べるものなのか？」

これに対しては、意外な答えが返された。

「それがね、実体化に関して僕たちはほとんど何も知らないんだよ」

巫女の験や力については、氏神である黒蓮と白蘭にも自由にならないことのほうが多く、特に実体化に関しては、二人の意思とは関係なく行われ、その方法すら知ることはないのだと言う。

「巫女の能力次第で二人一度に実体化することもあったし、どちらも呼べない巫女もいたみたいだよ。多少は験のある側のほうが呼び出しやすかったのかもしれないけど…。でも、たぶん験と実体化そのものは関係ないんじゃないかな」

結局、験や「黒蓮の巫女」というのはどういう意味なのだろう。

「痣の違いが意味を持つとしたら、それは験の巫女の中から伴侶《はんりょ》が出る時だね。痣は伴侶の資質を表すから。ただ、それは本当に滅多にないことなんだよ」

結局のところ気にするほどの意味はないのだと言う。時代の傾向がわかる程度だと考えて差し支《つか》えないのだそうだ。黒蓮の痣が出たのなら、なんらかの攻撃に備える準備はしたほうがいいというくらいのものだと。

ふーん、とあまり理解したとは言い難い返事をする美鈴に、白蘭は話を戻して言った。

「ということで、綴りを楓に任せていいのなら、戦いへの準備も兼ねて、美鈴は少し僕とお仕事しようか」

攻撃に備える意味でも、神社の立て直しには早く手を付けたほうがいいと言う。かなり切実に悩んでいた美鈴は、早速何か対策をしようと言われて気持ちを切り替えた。自分にできることがあるなら、精一杯の努力で臨《のぞ》むつもりだ。

「ほかにもいろいろ気になることがあるし、明日から少し町の中も見て回ろうか」

さすが知恵の神様だ。次々とやるべきことを考えている。素直に感心していると、力の神様が苦い声で念を押す。

「そいつを町へ連れていくなら、しばらくは一人にするなよ。少しずつ慣れてはいくだろうが、今はまだ能力が不安定だからな」

「心配なら黒蓮も来ればいいのに」

白蘭の言葉に黒蓮はいかにも嫌そうに顔をしかめた。「人前に出るのは嫌いだ」とぼそりと呟く。

確かに神様たるものそう簡単に人前に姿を見せるものではないのかもしれない。

(白蘭はいいのかな…？)

気になって視線を向けると、問う前に皮肉を込めた低い声が教える。

「そいつはいいんだ。むしろ出たがりなほうだからな」

「出たがりって…。失礼だな。黒蓮みたいに引きこもりじゃないだけだよ」

「俺は別に引きこもりではないぞ」

小さな諍《いさか》いを始めた二人の神様を楓が面倒くさそうに眺める。そして、あえて二人をスルーする形で、美鈴に一つ提案してきた。

「町を歩くならあの着物は目立つよな。もらった服、少し持ってこようか？」

　バイトでモデルをしている楓は、いただきものの服をけっこう持っている。バスケ部の元エースで身長が百八十を超える楓の服は、百七十センチあるかないかの美鈴には大き過ぎて、これまでもらったことはなかった。だが、二人にはいいかもしれない。

「俺より少しでかいくらいだし、そこらで探してもなかなか合うのがないだろ」

　二人を戻せるのがいつになるかわからないので、それにはありがたく甘えることにした。

　少しして、白蘭は楓を伴ってもう一度納戸へ行き、その後で社務所《しゃむしょ》へと出かけていった。洗い物を始めた美鈴を、黒蓮がじっと眺めている。あまり表情の動かない硬質な顔で見られていると、なんとなく落ち着かない。

「あの…、テレビとか見るなら、そっちのソファでどうぞ」

　それとなく年代もののソファを勧めてみたが、そもそもテレビというものに興味がないらしく、リビングを一瞥《いちべつ》しただけで視線は美鈴に戻ってきた。

「白蘭は、ずいぶんとおまえを気に入ったらしいな」

　食器を拭く手を一瞬止めて、振り返る。いつの間にかそばまで来ていた黒蓮の、高い位置にある瞳が美鈴を見下ろしていた。

「あいつは、見た目ほど親切でもないし優しくもないぞ。自分から進んで、しかも機嫌よく巫女に手を貸すなどありえん」

　意外なことを言われてどう返していいか戸惑っていると、またどこか苛立つような気配がし始める。

なんで…とビクつく美鈴を黒蓮が一喝《いっかつ》する。

「トロい！　言いたいことがあるならさっさと言え」

ひえっと身を竦めると、大きな手が伸びてきて美鈴の髪に触れた。

「白蘭ならば、こうして触れればおまえの心を読むことができる。おまえのじいさんや、あの山伏の男も、おそらく何も言わなくても先回りして察してしまうんだろう。だが、それではダメだ」

「な、なにがダメなの…？」

「戦では、はっきりした言葉でおまえが指示を出さねば、多くの犠牲を生むことになる」

「いく…さ…？」

「そうだ。おまえは実に健康な身体を持っている。浄化であれほど命を削りながら、少し力を与えてやれば元通りピンピンしている。やや細過ぎる気もするが、見目はかなり美しい」

よい戦いの巫女になるだろうと、整った顔が口の端だけで満足げな笑みを浮かべる。なのに次の瞬間には再び厳しい物言いになって美鈴を責めた。

「だが、その甘ったれた精神はいかん」

「あ、甘ったれてなんか…」

「慣れない相手にものおじするのも甘えだ。初対面でも堂々としていろ。これからおまえは多くの人間を相手に生きていかねばならないんだぞ」

戦とは、武器を持って戦うことだけを言うのではない。みんながみんな、祖父や楓のように、黙っていてもあれこれ察するものだと思うなと続けられる。

言われていることの意味はわかったけれど、そんなに急に何もかもうまく相手に伝えられる自信がなかった。不安に揺れる美鈴の視線を、それでも逃げるなというように黒蓮が見つめ返す。

「できなくても努力はしろ。弱いなら弱いで構わん。助けろと言えれば、それでいい」

（できなくても…）

その言葉は、美鈴の中の硬い殻《から》に罅《ひび》を入れた。できないことや苦手なことはやらなくていいと、仕方がないのだと、気付かないうちに自分は甘えていたのだろうか。

母を早くに亡くしたことで、どこか臆病に人と接するようになった自覚はある。いつでも守ってくれる目がないのだからと、逃げることに慣れて、自分を許してきた。けれど、言葉や態度にしなければ伝わらないことのほうが多いのだ。

「人とぶつかることを恐れるな。無駄な争いをしろと言っているのではないぞ」

思ったことくらいは言えるようになれと穏《おだ》やかに諭されて、揺れる視線を戻して黒い瞳を見上げる。

黒蓮の言葉は決して優しく耳当たりのいいものではなかったが、不思議と心を傷つけはしなかった。短い間にきちんと美鈴を見ていてくれたからこそ出てきた言葉だとわかったからだ。

努力をしろという言葉は、すぐには無理でも少しずつ頑張れという意味に聞こえる。そして、頑張ってみようと素直に思うことができた。

「あの、さっきのはね…」

「うん？」

「……意外だなと、思っただけ。白蘭が優しくないなんて…。よく笑ってくれるし、優しそうに見える」

ふん、と鼻を鳴らされて視線を上げると、怒っているわけではないらしく、黒い瞳の奥はむしろ和らいだ色をしている。

「白蘭が優しそうか…。あれの怖さを知らずに済めば、そのほうが幸せだろうがな」

くしゃりともう一度髪を撫でられ、その少し乱暴な仕草が「それでいい」と言ってくれたようで、心がほっとした。

背を向けた黒蓮の広い背中を見る。

怖いと思っていたのは、厳しさに向き合う用意が美鈴になかっただけなのかもしれない。甘えを許すことだけが優しさではないと、今さらながら知った気がした。

しばらくすると、社務所から白蘭が戻ってきた。左手にはノートパソコンが抱えられている。

「これはなかなか便利な道具だね」

眠っている間にも周囲に起こる出来事はある程度把握しているらしく、二人は案外簡単に現代の生活に馴染んでいる。もともと神様に、時代に取り残されるという感覚はないのかもしれない。文武の「文」を担《にな》う知恵の神様は、楓からの簡単なレクチャーだけでパソコンの使い方をマスターしていた。滑らかな操作で、所在地と連絡先、神主の氏名程度しか載せていない神社のホームページを開いて、白蘭が言う。

「これを使って神社の宣伝をしよう」

例えばどんなふうに？　と首を傾げていると「ここに、美人巫女の写真を大きく載せてみるとか」

と、にこにこしながら告げられた。

美人巫女とは誰のことだろう…。嫌な予感を抱きつつ、続きを聞く。

「ビジュアルって重要だと思うんだよ。美鈴の綺麗な巫女さん姿を載せるだけで、御祈禱《ごきとう》の依頼がじゃんじゃん来ると思うよ？」

「ぼく？　ぼくが巫女になるの？」

「そうだよ。だって美鈴は巫女なんだから」

「………」

自分にできることがあるなら、精一杯の努力で臨もうと思ったばかりだ。だが…。白蘭は、結婚式の仕事でしたような、あの巫女さんの姿になれと言っているのだろうか。神様がいいと言うのだから、たぶんバチは当たらない。けれど、どう考えてもあれは一種の女装だ。ホームページなどというワールドワイドに閲覧《えつらん》可能な場で披露《ひろう》するには、いささか、いやかなり抵抗が、ある。

「一人で載るのが不安だったら、僕が神主の役で一緒に写ってあげてもいいよ。さっき楓と相談したら勧められたんだよね」

黒蓮の「見ろ。出たがりめ」という小さな呟きをスルーして、すでに楓の知り合いのアマチュアカメラマンまで頼んだと白蘭が言う。

(仕事が、早過ぎる…)

「知恵を司《つかさど》る僕が協力するからには、少ない投資で安全確実に成果を上げてみせるからね。大船に乗った気でいるといいよ」

にっこりと綺麗な笑顔を向けられて、美鈴はなぜか、七福神とともに宝船に乗った自分の姿を…不覚にも弁財天《べんざいてん》のコスプレをした姿を頭に浮かべてしまい、密かに遠い目をして肩を落としたのだった。

楓から服が届くと、白蘭は嬉《うれ》しそうにあれこれ当てて試したり袖を通したりしていた。黒蓮のほうは全く興味がないらしく「そんなおかしな着物は着たくない」とどこかへ行ってしまう。

まずは町の様子を見たいと言う白蘭と、美鈴は一緒に出かけることになった。ふだんの美鈴なら、知り合って間もない相手との外出は躊躇《ちゅうちょ》したかもしれない。だが、白蘭には警戒心を解く力でもあるのか、思ったほど緊張もしなかったし、気が重いということもなかった。

白い着物よりは目立たないのだろうが、ごく普通の普段着でも白蘭はかなり人目を引く。どちらかと言えばカジュアルなものを選んでいるにもかかわらず、すらりと美しい姿からは王子様っぽいキラキラとした光が撒《ま》き散らされているようで、どうにも眩い。

「め、目立つね……」

注目を浴びそうだと懸念する美鈴に、白蘭が「大丈夫。神社を出たら気配を消すから」と笑う。

その言葉に疑問を抱きつつも華和泉の町に出れば、確かに危惧《きぐ》したほどには人の目を引かない。よほど近くに寄った時に、初めて気付いた何人かが驚いて目を瞠り、顔を赤らめた程度だ。確かにそこに姿はあるが気配がないので目に入らないといった感じで、神様はこういうこともできるのかと不思議に思うとともに感心してしまった。

商店街を歩くと昔ながらの店の人たちがちらほらと声をかけてくれる。けれど、それ以外に人影はなく、下ろされたままのシャッターが目立つ町並みはひどく寂れて見えた。全体に道幅が狭く、古さを感じさせる建物の上部に色あせた看板が斜めにかかる。泥で汚れた窓にはもういつのものかもわからない花火大会のポスターが貼られ、埃《ほこり》をかぶった扉で休業を知らせる貼り紙が風に吹かれてひらひら踊っているのが、なんとも言えず寒々しかった。

「ある程度予想はしていたけど…、実際に目《ま》の当たりにすると、けっこう堪《こた》えるね」

寂れた華和泉の町を見て、白蘭はかなり落ち込んでいる。どこにでもある古い町並みに、昔の栄華の面影はないのだろう。

「千年前、華和泉という土地がなくなることのないように、周辺には強い結界を張っておいたんだけど…。巫女の不在や多少の緩みはあっても、千年は持つくらいのね」

だけど…、と白蘭は周囲を見回して、ため息のように小さく呟いた。

「本当にただ残っている、それだけの土地になってしまったね…」

黒蓮の言葉から、なんとなく責任の一端は白蘭にあるらしいと思った。けれど、それだけにその理由を安易に聞くことは憚《はばか》られる気がした。それは、たとえ親しく言葉を交わせる間柄になっても、無《む》闇《やみ》に触れてはいけない種類のことではないかと思う。

ふと、足元に冷たい空気を感じて視線を落とす。淀んだ染みのような影が小さなビルに向かって伸びているのが見えた。最近、こんな嫌な影をよく目にする。何か悪いものだと思うのに、そこから意識を逸らすことができず、じっと見ていると身体の内側から力が抜けてゆくのだ。そして、少しすると影は小さくなって消えているのだった。

今もまた、影が消える頃には悪寒が背中を這《は》い上り気分が悪くなっていた。じっと息を詰めて、それをやり過ごす。

「そろそろ戻ろうか」

白蘭の言葉に、思わず安堵の吐息を漏らしていた。

神社に戻ると、境内の広く空いた場所で黒蓮が竹刀《しない》を振っていた。着物の上半身を袖ごと抜き、あらわになった見事な筋肉からは汗が湯気となって立ち上っている。その均整の取れた美しい身体を目にしたとたん、なぜだか急に心臓が騒ぎ出す。

美鈴は慌てて視線を逸らせた。

だが、その直前、黒蓮の眉間にビシッと険しい縦皺が浮かぶのを目にしてしまい、今度は何を怒っているのかと不安になる。昼食の支度があったので、そそくさとその場を離れてしまったのだが…。

「町の様子は、だいぶひどかったようだな」

社務所に祖父の昼食を届けて戻ると、黒蓮が白蘭に話す声が聞こえた。

「思った以上に気脈が乱れてるね。一通り見て回ったら結界のメンテナンスをしたほうがいいかもしれない」

先に食べてと言い置いて祖父のところへ行ったので、二人はすでに食事を始めていた。

遅れて手を合わせ箸《はし》を取った美鈴は、湯飲みの中身が空いているのに気付いて、すぐにまた立ち上がる。それから黒蓮のごはん茶碗が空であるのを見つけ、おかわりをよそってからようやく椅子に落ち着き最初の一口を口に運んだ。

美鈴に合わせてゆっくり箸を動かしながら、白蘭があたりさわりのない話で間を持たせてくれる。

「美鈴は、大学でどんなことを勉強しているの？」

「社会学。華和泉みたいな小さい町の再生とかを考えるんだよ」

少し照れくさい気がしたが、黒蓮に叱られまいと努めてはっきりと答えてみせた。

「へえ…」

一度、感心したように言葉を切った白蘭が、羨《うらや》ましげに隣の黒蓮を見た。

「いい巫女だね。黒蓮のじゃなくて、僕のならよかったのに」

「残念だったな」

片側の頬だけで笑う黒蓮に、白蘭は軽く唇を尖《とが》らせる。

黒蓮の巫女とか白蘭の巫女だとかいうことに大きな違いはないと言いながら、やはり美鈴は黒蓮の巫女らしい。会話の端々に、それは忘れてはならないことのように語られる。

それを決めるのは痣で、痣は…。

（確か、伴侶の資質を表すんだっけ…？）

伴侶とはなんだろう？　よく夫婦のことを指して使われるが、相手は神様だ。

もっと広義でなら仲間とか一緒に連れ立って旅をする相手という意味にも使われるので、そういったことだろうかとも考えるが、結局あまりピンと来る答えは見つかりそうになかった。滅多にないことだと言っていたので、気にする必要もないだろう。

　とりとめのないことをあれこれ考えながら箸を運んでいた美鈴は、ふいに時計の針を目にして「あっ」と声を上げた。今日はまだ祠のお供えを替えていなかったことを思い出したのだ。本来なら朝のうちにするべき仕事で、せめて昼食の前に行くつもりでいたのだが、うっかり忘れてしまっていた。

「ちょっと、泉に行ってくるね」

　急いで最後の一口を飲み込み箸を置く美鈴を、呆れたような表情で二人が見る。自分でも落ち着きがないとは思うが、やることが多いので仕方がないのだ。けれど、美鈴が用意し始めたものを見ると、白蘭が「ああ」と笑ってそれを止めた。

「美鈴、泉の祠なら、しばらくお供えはいらないよ」

「え…？」

「だって、そこに僕たちはいないんだからね」

　言われてみれば、確かにそうだ。華和泉神社の祭神は、花に宿るという二神、つまり黒蓮と白蘭である。通常であれば本殿である泉の祠に祀られているはずだが、今ここに二人がいるということは、そこに神様はいないことになる。

「でも…」

　なんとなく、毎日欠かさず行ってきたことを休むのは落ち着かない。白蘭に「ムダなこと」とまで言われてしまえば、それを押し切ってまで行きはしなかったが、一方でふと、それなら神社にお参りに来る人たちはいったい誰に願いを叶えてもらうのだろうと気になったりもした。

小さな疑問はいくらでも湧《わ》いてきたが、それにかまけている余裕はあまりなかった。やることはいくらでもあり、一つ仕事が減ったところで忙しさに変わりはない。

食事の後片付けを終えると、次は境内の掃き掃除をするために母屋を出る。広さだけはしっかりある敷地を綺麗に保つのはひと仕事で、暇を見つけてはちょこちょこ掃き清めて凌《しの》いでいるのが現状だ。

竹箒《たけぼうき》を手に歩き出すと、なぜかその後を黒蓮がついて来る。眉間にはまた深い縦皺が刻まれていて、今度はなんなのだろうとつい身構えていた。

「な、なに？」

とにかく気になったら聞いてみることだ。そう思い口を開くと、難しい表情をした黒蓮が、美鈴の手にした竹箒を指差す。

「なぜ、そんなことまでおまえがしている」

「なぜって…、ほかにする人もいないし……」

「そんなことは、下女か端女《はしため》か、そういった下々の者に任せておけばいいだろう。俺たちの食事の世話も、何も全部をおまえ一人でする必要はない」

（ハシタメ…。ハシタメってなに？）

美鈴の頭は、しばし混乱した。いったい何を言い出すのだろう。

「だいたいおまえは、なんでそう自分の損になることばかりしているんだ。今日も町で、どうでもいい淀みを浄化してきただろう。言いたいことも言わずに人のためにばかり何かをしていては、おまえがすり減るばかりだぞ」

「な、何を言っているの？」

「おまえはバカだと言っている」

バカ、とはっきり言われて、なんとも言えないショックが広がる。

黒蓮の言っていることを、もう一度よく考えてみる。家事と、神社の仕事と大学の勉強、確かにそれだけでも美鈴の毎日は忙しい。その上、このところ知らないうちに浄化とやらをしてしまうようで、黒蓮に助けてもらうまでは本当に死ぬんじゃないかと思ってもいた。言いたいことを言えないところは、黒蓮に言われて直そうと努力している最中《さいちゅう》だ。けれど、それでバカと言われる筋合いはないように思う。

「バ、バカはひどいと思う…」

「バカだから、バカと言ったんだ。なんでもかんでも一人でやって、それで命が足りると思うのか」

重ねて言われても、やはり美鈴には美鈴なりの言い分があった。

「…だって、ほかに誰がやってくれるって言うの？」

「下働きの者に任せられることがあるだろう」

何もわかっていない…、そう思った瞬間、美鈴の中の本来頑固な部分が存在を主張し始めた。何も知らないくせに、簡単に人をバカ呼ばわりするなんてひどいと、ふつふつと、怒りなのか勇気なのか判別のつかない感情が湧き上がり、それに背を押されるようにして、美鈴は思ったままを口にしていた。

「いつの時代のこと言ってるの？　今の華和泉神社には、ぼくとおじいちゃんの二人しかいないんだよ。掃除だって洗濯だって、自分たちのことは全部自分たちでやる。それが当たり前なんだからね」

「なんだと？」

「何を驚いてるの。だからずっと、黒蓮と白蘭のことだってぼくがしてる。そんなこと言うなら、自分のことくらい自分でしてよ。白蘭はホームページとか作ってくれてるけど、黒蓮は何もしてないじゃないか。竹刀なんか振ってる暇があるなら、ここの掃除でもして」

ぐいっと竹箒を突き出すと、黒蓮が目を見開いてそれを見下ろす。

「俺に、掃除をしろと言うのか…？」

何かのスイッチが入ってしまった美鈴は、祖父や楓に対するような遠慮のなさできっぱりと言い切った。

「ただ食べるだけの人を、ゴクツブシと言うんだよ。ヤダとは言わないでよね」

その豹変《ひょうへん》ぶりに圧倒されたのか、いつの間にか黒蓮は竹箒を手にしていた。

「葉っぱはたい肥にするから、そこの穴に入れといて。それと、今日からお布団の上げ下ろしも自分たちでやってね」

ツンと頭を上げて言い切ると、黒い瞳が見下ろしてきた。少し気まずい気がしたけれど、もう後には引けない。くるりと向きを変えると、薄い肩をいからせて歩き出す。

「待て」

背中から呼び止められて、肩越しに振り返る。怒られるかな、と思ったけれど、今さら逃げるわけにはいかない。きゅっと唇を結んで見つめ返した美鈴に、黒蓮は慣れない猫でも呼ぶように、慎重に手を差し出してきた。

「待て、美鈴。ちょっとこっちへ来るんだ」

身構えながらも美鈴がそばへ戻ると、僅かに安堵の色を乗せた瞳が、検分するように小さな顔の上を辿った。美鈴の白い顔には今、血の気というものがほとんどない。

傍らの木に箒を立てかけた黒蓮がため息まじりに長い腕を伸ばす。ふいにしっかりした胸に抱き寄せられて、美鈴は身体を強張らせた。驚きに跳ねる心臓を押さえて息を詰めると、「力を抜け」と軽く背を叩《たた》かれる。見上げた顔には表情がなく、また不安が頭をもたげる。

「そんな顔をするな。横になる時間がなさそうだから、ここで力を与えるだけだ」

左手だけで美鈴を支えた黒蓮が、額にかかる髪を右手で払う。そうして長い指に触れられると、そこから流れ込む光に、美鈴はようやく自分の中に洞が生じていたのだとわかった。

瞼を閉じると、流れ込む光のイメージが鮮明になる。身体から無理な力が抜けてゆき、知らないうちに苦しさを噛み殺していたことにも気付いた。

バカだと言ったのは、心配してくれたからなのだろうか。ひどいなんて思って悪かったかもしれない。身体が楽になるにつれて、気持ちに余裕がなかったことを少し反省した。

命の器に降り積もる金色の光は、やがて欠けた分の力を十分に埋め、美鈴の身体は羽のように軽くなっていった。あまりの心地よさに自分で立っているのが億劫《おっくう》なほどにその身体は緩んでゆく。全身を預けても、鍛えられた体軀《たいく》は揺るぎもせずに美鈴を支えてくれた。伝わる体温と冬の日向《ひなた》のような匂《にお》いは、少しドキドキするけれど甘く美鈴の身体を疼《うず》かせる。

（もうちょっとだけ、こうしていたいな…）

けれどすぐに、笑いを含んだ声に揶揄されてしまう。

「おい。このまま寝る気か」

仕方なく目を開けると、思いのほか近くで黒い瞳が美鈴を見下ろしていた。はっと息をのみ、飛び出しかけた心臓を身体の中に戻す。慌てて逸らせた視線は不安定に泳いだ。

けれど…。徐々に赤くなってしまう肌を隠すことはできず、気まずくなってもう一度チラリと窺《うかが》い見る。見下ろす瞳の奥で金色の光が強く瞬き、それを目にしたとたん、収めたばかりの心臓が再び勢いよく飛び跳ねる。

急いで長い腕の中から逃れ出ようとすると、一度離れかけた身体を、その腕が引き戻し強く抱き竦める。心臓がはるか遠くへ飛び出しそうだった。

「子どもだとばかり思っていたが、なかなか色っぽい顔もするな」

低いのに甘さのある声が耳に触れ、身体の中心にまで熱を届ける。厚い胸に抱き込まれ、近い場所に着物の合わせから覗く肌が見える。竹刀を振っていた姿を思い出し、まるで火花が散るように目の前がチカチカした。

「なかなか収まりがいい。身体の相性がいいのかもしれん」

「か…っ、から、だ…？」

「これなら伴侶としても、悪くないかもしれんな」

「伴侶が、なに…？　なにを言ってるの？」

きつい抱擁《ほうよう》の中から抜け出そうともがいていると、思案げな様子で黒蓮が呟く。

「抱いてみたいと思った験の巫女は、おまえが初めてだな」

「だ…っ？」

深く考え込むような顔を、思わず見つめ返してしまう。言葉の内容と表情が全然合っていないと思うのは、気のせいか。

黒蓮が何を考え込んでいるのか知らないが、これ以上そばにいるのは心臓によくない。そう判断した美鈴は、背を向けると逃げるように走り出した。

（なに…？　今の…）

洞が埋められたことなど、黒蓮にだってわかっていたはずだ。もうそれ以上美鈴を抱いている理由などないはずなのに、それまで以上に強く力を込めてきたのはなんだったのだろう。

黒い瞳の奥に瞬いた金色の光の意味を考える。美鈴の欲しい答えなどどこにも見つかりそうになかった。

まだ早い鼓動を刻んでいる胸の裡に問いかけてみる。

（抱くって、…なに？）

自分は男で、黒蓮も男で…。

しかも、神様なのに……。

境内の外れまで来て振り返ると、竹箒を手にした長身の背中が秋の日差しの下で輝いて見えた。手足の長いバランスの取れた後ろ姿は、ただ立っているだけでも十分に美しい。

舞い落ちる金色の葉を睨み上げ、力の神様が箒を使い始める。離れたところにある広い背中を見つめながら、お礼を言っていなかったことに気が付いた。

「びっくりさせるから…」

身体の不調に気付いて力を与えてくれたのに…。それには、素直に感謝しているのに、と思う。


黒蓮を避けるつもりはなかったが、少しの間、どんな顔をすればいいのか気になってまともに目を合わせることができなかった。

耳に残る「伴侶」という言葉の意味を考え、それはやはり夫婦に近い意味だろうかと悩んだりもした。つまり、それは身体の上でのみの関係なのかもしれないが…。

(でも、神様と人間だし…。それに、ぼくも黒蓮も男だし…)

結果、美鈴はたびたび白蘭について町に出かけるようになっていた。美鈴の発言を受けて、黒蓮と白蘭が「お客様」ではなく家人として振る舞うようになり、時間に余裕ができたせいもある。

白蘭のそばが美鈴にとって安心で居心地のいい場所だったのも確かだ。もともとの穏やかな雰囲気に加え、何度か一緒に出かけて慣れたおかげで、すっかり気が楽になっていた。さまざまな話を聞きながら仕事を手伝うのも、美鈴にとっては楽しい時間だった。

その日からは結界のメンテナンスをすると言って、白蘭は塩を包んだ半紙と日本酒の小瓶《こびん》をトートバッグに詰めて、美鈴について来るように言う。

「結界を整えるって、何をどうするの？」

「町を囲む道祖神《どうそじん》の穢れを落とすんだよ。このお酒と塩で清めるだけだけどね」

黒蓮と白蘭が氏神として守る土地の周囲には、それを示す道祖神の石が置かれていると言う。華和泉神社を中心にして十二方位に置かれた石同士が結界を作り、そこより内側に災いや穢れが入り込むのを防いでいるのだ。千年の間にその結界が緩んできたために、町には悪い気が入り込みやすくなっているらしく、それを張り直せば、今ほど頻繁に美鈴の浄化を必要とする淀みは現れないはずだと白蘭は説明した。

「いくら巫女がいて浄化するといっても、限度ってものがあるからね」

「道祖神て、道しるべみたいなものかと思ってた」

「そういう役目もしてるよ。昔はみんなが神社を目指してやって来たから、その石まで来れば、目的地が近いことがわかる」

なるほど、と思う。

活気のない商店街を歩いて抜け、町の外れの休耕地が広がる開けた場所を進んでいった。枯れた草地の先には、線路と国道が平行線を描くように並んで延びている。

古い道路の端に、しめなわの巻かれた大きな石が、同じく大きな一本の木に守られるようにひっそりと置かれていた。その石の前にしゃがみ込むと、白蘭は用意してきた塩と酒で石を清めた。

「これは巫女の仕事だけど、美鈴はまだ、見ていたほうがいい。コントロールができないまま関わると、どのくらい力を持っていかれるかわからないからね」

浄化の力のコントロールは美鈴自身で行うものらしい。悪い気から意識を逸らせることで、身体の内側から光が零れ出るのを防ぐのだ。今の美鈴はそれがほとんどできないので、慣れるまでしばらくは危険な場所を避けて行動するようにと、黒蓮から何度も繰り返し言われていた。

「こうして清めたりお供えを上げたりすれば、この石は力を得てここで悪い気を浄化してくれる。石を敬《うやま》い大切にすることは、とても大事な仕事なんだよ」

その言葉にふと、子どもの頃のことを思い出した。

「そういえば、楓が言ってた。年に一度、道祖神にお供えをするお祭りがあるんだって。何か、宝探しみたいなことをして、お守りがもらえるんだったと思う。子どもだけが行く、小さなお祭りなんだけど…」

同じ年頃の子どもたちが小さく綺麗な何かを見せ合って笑うのを、美鈴は遠くから見ていた。

「へえ、子どものお祭りね…。美鈴は行かなかったの？」

「…うん」

祭りは神事と見なされて、美鈴はずっと遠ざけられていたのだ。神社の境内で行われるものも含めて、美鈴が祭りに足を運んだことは、ただの一度もなかった。

白蘭はすぐに気付いて、何気なく口にした自分の言葉を詫《わ》びた。

「そうか…。ごめん」

「ううん」

美鈴は笑って首を振った。子どもも心に寂しかったのは事実だが、それももう昔のことだ。

「お祭りのこともだけど…。楓が言ってたよ。美鈴が時々、黒蓮に怒られてるのを知ってて、あれは仕方がないんだって。小さい時に母親のいないことが、どれだけ言いたいことを言えなくさせるか、少し考えてやってくれって。黙ってしまうのを先回りして察してやるのは、何も甘やかしているわけじゃない。そうしないと、美鈴は本当に不安になるからって」

「そ、そんなこと、ないよ…」

小さい頃には確かに、子ども同士の諍いに親が出てきて一方的に悪いと言われたこともあった。その理不尽《りふじん》さも理解できないまま、本当に自分だけが悪いのかと不安になったりもした。けれど、二十歳にもなった今、さすがにそれはない。

言いたいことが言えずに言葉をのみ込むことがあるとすれば、それは黒蓮が言うように甘えているのだ。うまく言えずに嫌な思いをするよりは、言わなくてもわかってもらえる楽さに、甘えている。それではいけないと、ようやく美鈴は一歩を踏み出したところだ。

「少なくとも今は、そんなことない…」

「そうだね。黒蓮にゴクツブシって言ったらしいしね」

笑われて、頬を赤らめた。勢いとはいえ、神様に対してずいぶんなことを言ってしまったものだ。

「僕が、もう少しよく考えていたら、美鈴にそんな思いさせずに済んだのにね」

「そんな思いって？」

「お祭りに行けなかったり、お母さんを早くに亡くして寂しい思いをさせたり…」

硝子のように透明な瞳を見上げて、美鈴は小さく首を傾げた。

「白蘭のせいじゃ…、ないよ？」

けれど、白蘭は首を振る。

「僕のせいなんだよ。千年前のね…」

（千年前……）

何があったのかは、わからない。聞かせてくれるのなら聞きたい気もしたが、自分から問おうとは思わなかった。それでも、どことなく沈んだ白蘭を見ていると、どうにかしてあげたい気持ちになり、美鈴はそっとその手に触れて、軽く握り締めた。

意味もなく「大丈夫だよ」と心の中で呟く。

「……。なんだか、美鈴には驚かされるね」

「え、どうして？」

「巫女の心を守るのが僕の役目なのに、これじゃ逆だ」

苦笑めいた笑いを漏らされて、出過ぎたことをしたのだろうかと心配になったが、そうではないと白蘭は言う。そして、「ありがとう」と手を握り返し、その手を離さないまま帰り道を歩き出した。

男同士、手をつないで歩くのは少し恥ずかしかったが、まわりに人の姿はない。白蘭がそうしたいのならいいかと思い、そのままついていった。

のんびりと歩きながら、国道と線路を遠くに眺めて白蘭が聞いてくる。

「美鈴は、大学で小さな町の再生を考えていると言ってたけど、例えば今の華和泉に問題点があるとしたら、それはなんだと思う？」

唐突《とうとつ》な質問だったが、少し考えて、美鈴は以前から思っていたことを口にした。

「…たぶん、人の流れが少ないこと。道路が狭いし、駐車場のないお店がほとんどだから、今みたいなクルマ社会だと、だんだん人が来なくなってる。そのことが大きいんだと思う」

古くから神社を中心に発展してきた華和泉には、商業や観光以外にこれといった産業がない。人の足が遠のけば、おのずと町から活気は失われてしまうのだった。

「そうだね…。確かにいろいろなものがうまく流れていない。長い間に気脈を無視して建物が建てられてきたから、気の流れがめちゃくちゃなんだ。そのせいで、古い街道はそのまま交通手段として残っているのに、ここには何も流れてこないんだな」

「気の、流れ…？」

「うん。簡単に言うと、風通しがよかったり水の流れがよかったりする場所には、あまり汚れた空気や水が溜《た》まることがないよね。もっとよいところでは、風に乗って花の香りが運ばれたり、川には山から湧き出した清らかな水が流れてきたりする。それと同じで、悪いものを押し流して、よいものを運んでくる流れがあると考えてみて」

町に淀む暗くて重い空気…。それを、澄んだ水のような流れが押し流してゆくイメージが浮かぶ。

「…そういういい流れを作るには、どうすればいいんだろう？」

「まずは、今してきたように結界を整えることが大事だけど、もう一つ、できれば具体的な何かを想定してそれを実現させるように働きかけるのもいい。イメージがはっきりしているほうが、物事はうまく運ぶからね」

「具体的な何か…？」

「そう。人の流れが戻ってくるために、こうなったらいいと思うことが何かある？」

「それは…、本当は新しい駅が近くにできたらいいと思う。商店街や史跡《しせき》には面白いところがたくさんあるのに、交通の便が悪くて人が来ないんだと思うから」

これも、以前から頭にあった考えだ。

何年も前から、距離の離れた二駅の中間に、駅の建設の話が浮かんでは消えていた。その多くは華和泉か淀沼《よどぬま》を候補地にしていたが、何度も話が持ち上がりながら、決め手になる何かが欠けて計画は流れてきたのだ。

「駅か…。駅は、いいかもしれないね。華和泉は昔、旅の要所でもあったから。この土地は人やものが留まるのに適していて、いったんここに留まることでよい方向に向かうことができるんだよ」

土地にはそんな力もあるのかと思いながら、最近耳にした話を口にする。

「でも、駅は淀沼にできるんだって。広い土地が確保しやすいらしくて大きなモールも建つみたい」

淀沼に駅ができれば、華和泉にはできない。大規模なショッピングモールが建ち人の流れがそちらに集まれば、華和泉はますます取り残されてゆくだろう。商店街の人たちが不安そうに話していたのを思い出して、美鈴の気持ちは塞《ふさ》いできた。

白蘭の手が伸びてきて、軽く髪に触れる。

「そんな顔をしなくても、決まったわけじゃないんでしょ？　最終的な決定までに時間があるなら、まだできることはあるよ」

それでも肩を落としたままの美鈴に、白蘭はなぜか笑顔を見せた。

「美鈴は、本当にこの土地を大切に思ってくれてるね」

そうして再び歩き出しながら、西の空を見上げてぽつりと呟く。

「それにしても、よりによって淀沼か…。身体がなければ、ちょっと行って見て来るんだけどな」

「ちょっとって、淀沼に？」

「うん。ここからだと、歩いて行くにはかなりあるし…」

思案げに伏せられる長い睫毛を見上げ「タクシーを使えばすぐだよ？」と提案してみる。ふだんはあまりタクシーに乗ることはないが、実体化しているせいで行きたいところへも行けないのでは申し訳ない。ここは奮発しようと心に決めた。

田んぼの広がる景色の途中で、山の位置を確かめた白蘭がタクシーを停《と》める。五分ほどで用は済むというので、運転手にはそのまま待ってもらうことにした。

休耕地の外れにあったような大きな石が、道の端にぽつんと一つ置かれていた。同じように塩と酒で清めてから、少し離れた場所に建つ立派な石碑《せきひ》にも白蘭は同じことをする。

「その石碑は何？」

大きな石碑には文字が刻まれている。建てられたのは昭和《しょうわ》のことで、現代文で記された内容は、かつてここに沼があったということを教えていた。

「美鈴はそれに触らないほうがいいよ。沼を埋め立てた時に建てられたものだから、そこにはまだ浄化しきれない沼の気が宿ってる。力のコントロールができないうちは近付かないほうがいいかもね」

その忠告に慌てて後ろに下がる。日差しを浴びて、それでも暗い印象の大きな石碑を見上げると、背筋に冷たいものが走る気がした。

用事はこれだけだというのでタクシーに戻りかけた。その時だ。

「帰れと言ってるだろう！」

突然聞こえた怒鳴り声に、驚いて振り向く。近くの農家の庭先で数人の男が言い争っているのが見えた。

「俺たちはここで、新しい農業をやると決めたんだ。あんたたちに土地を売る気はない！」

「おまえに売る気がなくても、おふくろさんは売ると言ってるんだよ。さっさとそこをどきな」

ガラの悪い三人の男たちが、一人の若者を取り囲んでいる。ボンタンというだぼだぼのズボンを穿《は》いた茶髪の男がいきなり若者を突き飛ばした。

「あ…っ」

美鈴が目を瞠っているうちに、今度は五分刈りの男が若者の腹を蹴って転ばせる。そして、そのまま派手なスーツの男のそばまで転がしていった。

（ひどい……）

それらに気を取られていたせいで、足元を這う真っ黒な闇に気付くのが遅れた。はっとして意識を向けた瞬間、身体の奥から何かが消え去り大きな空洞が生じる。その時にはもう、目を逸らすこともできないほどの闇が美鈴を覆い尽くしていた。慌ててほかへ気を移そうとするが、すでに膝からは力が抜け、芯を失った身体は立っていることができずに崩れてゆく。

「美鈴……っ」

地面に膝をつく寸前、白蘭の腕が美鈴を支える。農家の庭先ではまだ男たちが騒いでいたが、それをどうすることもできないまま、抱きかかえられるようにしてタクシーに乗せられた。

焦燥《しょうそう》の滲む白蘭の声が耳元に落ちる。

「ごめん…。僕が近くにいたのに」

抱き寄せられ、肩に額を預けると少しだけ楽になった。それでも身体の芯に残る空洞が埋まることはなく、深い闇の中に引きずり込まれるような感覚に何度も襲われる。踏みとどまろうとして息を止め、その苦しさに涙が滲んだ。

(怖い……)

暗い闇の淵が、すぐ足元にまで迫ってくる。これにのみ込まれたら、きっともう戻ることができない。美鈴は縋《すが》るような思いで白蘭の服を強く握り締めていた。

神社の参道下で乗り捨てるようにしてタクシーを降りると、白蘭は美鈴を抱えたまま通る声で黒蓮を呼んだ。

「黒蓮！　黒蓮、来てくれ！」

石段を駆け下りてきた黒蓮は、白蘭に支えられた美鈴を目にするなり、険しい顔で腕を伸ばす。奪い取るように美鈴を抱き上げ、すぐに唇を髪に押し当てた。僅かな光が美鈴の中に戻り、足元に迫る闇が遠ざかってゆく。

母屋に運ばれ、自分のベッドに下ろされた。浅い呼吸をしながら見上げた黒蓮の顔は表情が硬く、わけもなく不安で悲しくなる。涙の滲む目を閉じると、長い指が額に触れた。そこから細い糸に似た光がゆっくりと流れ込んで、少しずつ、呼吸が楽になっていく。

闇が遠くなり、大きく息を吐くことが怖くなくなる。

額に触れた指先が、ゆっくりと髪を梳いていることに気付いた。そのまま頬や瞼を撫でる指の感触は優しいもので、身体が楽になるのと同時に、黒蓮への僅かな気恥ずかしさがよみがえる。

「まったくおまえは……」

呆れたような言葉が耳に届き、薄く瞼を開ければ、その眉間にはやはり深い皺が刻まれている。けれど、黒い瞳には気遣《きづか》う色が滲んでいて、美鈴の口からは自然に言葉が零れ落ちた。

「ごめんなさい…」

コツンとおでこを突かれた。バカなやつ、と言われたのはたぶん気のせいではないけれど、少しも気にはならなかった。僅かに頬が緩み、不安や気恥ずかしさが小さくなってゆく。

ふいにタクシーの支払いのことが気になり出す。たった今生死の境を彷徨っていたという自覚はあったが、日常の雑多なことが気になるのはすでに美鈴の習い性《しょう》で、これはもう致し方のないことだ。

「白蘭は…？」

視線を巡らせても姿が見えず、まだ少しぼんやりとした意識のまま黒蓮に問いかける。きちんと料金を支払ってくれただろうかと、ひどく心配になった。白蘭はタクシーに乗るのは初めてなのだ。

「白蘭…、どこ？」

「なぜ今、あいつの名を呼ぶ」

声の調子に不穏なものを感じて、巡らせていた視線を黒蓮に戻す。完璧な眉間に不機嫌な皺が寄り、黒い瞳が探るように眇《すが》められていた。

「そんなにあいつがいいか？　こうして弱っている時にもそばにいて欲しいと思うほど…。あいつもずいぶんとおまえを気に入っているようだが」

戸惑った美鈴は言葉に詰まる。何を言い出すのかと驚いている間に、頬に触れていた長い指が顎《あご》を掴んだ。見下ろす瞳と目が合うと、金色の光に心臓がひくりと震える。

「だが、おまえは俺の巫女だ…」

囁きと同時に端整な顔が間近に迫り、反射的に目を閉じた美鈴の、淡い唇を柔らかい何かが包み込んだ。

驚きに一瞬目を見開いたが、何がなんだかわからないうちにもう一度、ぎゅっと閉じる。頭の中で火花が弾《はじ》け飛んだ。

身体の芯に金色のリボンのような光が流れ込み、命の井戸には溢れるほどの力が満ちてゆく。

かつてない勢いで力が注がれているのはわかったけれど、そうして自分の中が光で満たされてゆくにつれ、初めて触れられた唇の熱さに脳がパニックになる。微かに身を捩《よじ》るとそれまで以上に強く抱き竦められて、心臓が身体の外に飛び出しそうに跳ね上がった。

「ん、んんぅ…」

もがいているうちに自由になった拳で、大きな肩を何度か叩く。ささやかな抵抗だったが唇は一度

離れて、覆いかぶさったままの姿勢で硬質な顔が美鈴を見下ろしてきた。

戸惑いに見開かれた大きな瞳と、言葉を探して花びらのように開きかけた唇を、その視線が辿る。朱《しゅ》に染まる頬や、熱を帯びて潤んだ瞳が誘うように艶やかであることなど、美鈴自身にはわかるはずもない。ただ金色に瞬く黒蓮の眼差しに、電気の網で縛られたように動けなくなった。

再び唇が塞がれ、それはもっと長く深い口づけになった。顎に添えた指に口を開かれ、熱い舌が差し込まれる。その先端が触れ合うと、ビクリと背が震えた。逃げ惑う舌を追うように口腔《こうこう》を探られ、ぞくぞくと身体中の産毛が逆立つ。

大きな手がゆっくりとシャツのボタンを外し始める。やがて、それすらもどかしいとばかりに裾から入り込んできた指が、美鈴のわき腹や腰のあたりの肌を確かめるように撫でた。身体が不規則に震え、呼吸が荒くなってゆく。唇を塞がれたままでは十分に息ができず、酸素を求めて黒蓮の広い肩にしがみついていた。心臓は壊れたかと思うほど、激しく打ち続けている。

「……ふ…っ」

唇が離れると、息が零れた。頬から顎、首筋へとキスが移動し、感じたことのない疼きに身体の芯に火が灯る。腰骨のあたりを撫でられて、「あ…」と、吐息とともに発した自分の声の甘さに、美鈴は動揺した。

覆いかぶさる胸を押してみるが、大きくしっかりとしたそれは揺らぎもしない。身体のあちこちを触れられて、下肢《かし》の一点に熱が集まり始める。もがくようにして膝に力を入れるけれど、熱の集まる感覚は衰えるどころか徐々に増してゆくばかりだ。

密着する身体にその熱が伝わるのは確実で、やがて押しつけられた黒蓮の腿《もも》に膨らみを知らせるように擦られると、美鈴はいてもたってもいられなくなった。

「黒蓮……、や…。離して……」

懇願しても、さらにぴたりと身体を合わされるだけで泣きたくなる。

「やだ…、や……。お願いだから」

暴れても、もがいても無駄だった。ジーンズの上から尻を摑むように抱き寄せられて、頭の中が真っ赤に染まる。そのままおかしくなりそうだった。

「や…、黒蓮、怖い……っ」

とうとう美鈴は叫んで、泣いていた。

怖い…。自分が自分でなくなり、どうにかなってしまいそうだ。

「……怖い」

覆いかぶさっていた身体がようやく僅かに離された。

涙の滲む大きな瞳を、探るような視線が覗き込む。まだ熱を孕《はら》んだ美鈴の瞳は羞恥と情欲に濡れていて、少しの間、黒蓮は躊躇しているようだった。それでも結局、伏せた睫毛から涙が零れ落ちるのを見ると、押さえつけていた腕を外し、身体を起こした。

さらりと一度、指先が美鈴の髪を梳く。

眠れと言われた気がして、逃げるようにそれに従った。

自分が今、黒蓮に何をされたのか、そして、それに対してどんな反応をしてしまったのかを、眠りの縁で考える。ごまかすことのできない事実が、言葉になって頭の中に浮かんでいた。

（いやじゃ、なかった……）

長い指の感触がよみがえり、その事実を思い知らされる。触れられて、嫌だと思うどころか身体が甘く疼いたのは、これで二度目だ。

泣き出すほどに怖かったのは、自分の中に生まれた強い欲の気配だ。自分一人の時でもあまり昂《たかぶ》ることを知らない場所が、直接触れられてもいないのに熱く反応したことに動揺した。黒蓮の行動が恐ろしかったのではない。

驚きはしたけれど、嫌ではなかった…。それを認めないわけにはいかなかった。

（だけど……）

黒蓮は神様だ。

もっと触れて欲しいと感じた、その思いのまま流されていいはずがなかった。

それでも、苦しくて甘い吐息は綿菓子のように白い雲になって胸の内側を埋める。

だが、眠りが訪れる頃、なぜ…という疑問がその雲に影を落とした。なぜ、黒蓮は自分に触れるのだろうか……。

『おまえは、俺の巫女だ…』

黒蓮の言葉が遠い場所で響き、影が大きさを増した。少し前に抱き締められた時の言葉が、そこに重なる。

『これなら伴侶としても、悪くないかもしれんな』

（黒蓮の巫女だから…？）

それが役目だから、あんなことをされるのだろうか。験の巫女だから、身体を差し出すということだろうか…。つまり、伴侶になるとはそういう意味で……。

心や愛情といった、大切な何かに思いを巡らせることもないまま。

胸の奥を埋める甘くて白い雲が、急に重く湿った雨雲に変わってゆく気がした。


少しずつ色づいた銀杏《いちょう》の葉が、一枚また一枚と舞い落ちる中、箒を手にぼんやり立っている美鈴がいた。さっきからずっと、指笛を吹く前のように唇をゆっくり撫でている。

「美鈴、何か悩み事？」

ケーブル編みのカーディガンを羽織《はお》った白蘭が、どことなく塞いだその背中に声をかける。ゆっくりと振り向いた美鈴は、躊躇《ためら》うように僅かに俯いた後に白蘭をまっすぐ見上げた。

「白蘭…。験の巫女っていうのは……」

尋ねかけたものの、どう聞けばいいのか迷って言葉が途切れる。

額に触れてもらえば言葉にしなくても伝わるのだが、その方法ではきっと、美鈴の隠したい思いも全て伝わってしまうだろう。「望まないところまで見ることはできない」と言われていたが、美鈴は心を隠すのが下手だった。

「駚の巫女は、神様のものなの？」

結局、ずいぶんと大雑把《おおざっぱ》な質問をしていた。そんなざっくりとした問いかけにも、白蘭は丁寧に答えをくれる。

「神様のもの、と言うと少し違うかな。むしろ、民のものかもしれない。僕らの姿は駚の巫女にしか見えないからね。ほかの巫女や只人には声も届かないし」

只人と呼ばれる一般人はもとより、駚がなければ正式な巫女であっても、実体化していない時の黒蓮や白蘭の姿を見ることはない。それだけ、駚の巫女は特別な存在だということなのだろう。何しろ神様の伴侶になれるらしいのだから。

伴侶…。それは、やはり結婚することと近い意味なのだろうか。つまり…。

「その…、身体がある時って…、セ…もできるって言ったでしょ？　そ、そういう時の相手って…？」

白蘭にじっと見られて、美鈴は徐々に赤くなる。

「……よく、聞こえなかったんだけど、ひょっとしてセックスって言った？」

かあっと耳まで赤くなる美鈴を、白蘭が興味深そうに見る。

「つまり、僕たちがこの身体でいる時の、夜伽《よとぎ》の相手を…」

やっぱりそうなのだろうかと大きな瞳を見開いていると、「してくれるの？」と期待を込めて聞き返される。そうではない、と慌てて左右に首を振る。

何かとても下世話なことを聞いている。あまり世間ずれしていない美鈴には、羞恥の限界だった。

「もう、いい…」

ガックリと肩を落とすと、軽く笑い声を立てられた。

「ごめんね。美鈴がしてくれたらステキだなあと思ったから、つい、ね。聞きたいのは、験の巫女は務めとしてそういうこともするのかってことかな？」

言葉の前半に引っかかる部分はあったが、質問の意図は伝わっている。そうだと首を縦に振ると、白蘭は、あまり興味がなさそうに淡々と答えた。

「結論から言うと、それはないね。基本的に験の巫女には純潔が求められるし、少なくともかつての巫女たちにそういう役目を求めたことはないよ。巫女はあくまで国を治めるのが仕事で、僕らはそのために必要な手助けをする。それだけだ。それに、僕たちもこの姿でいること自体、滅多にないことだからね」

「…そうか、そうだよね」

答えを聞いてほっとする。そもそも人の身体でいることが滅多にないのだからと言われれば、確かに杞憂《きゆう》だろうと思った。一方、ならばどうして黒蓮は…と疑問が移ってゆく。

黒蓮が自分にしようとしたことには、どんな意味があるのだろうか。それとも、意味など何もなくて、ただその場の勢いだったのだろうか。

あの日以来、そのことばかり考えてしまう自分にも困惑する。おかしいと思うのに、どうしても黒蓮のことが頭から離れてくれないのだ。

黙り込む美鈴に、白蘭が訝《いぶか》しげに問いかけた。

「どうして急に、そんなこと聞くの？」

「え？」

「まさか…、黒蓮に何かされた？」

いったん引いた頬の赤みがさっと戻るのを見て、白蘭の瞳になぜだか得体の知れない銀色の炎が揺れる。

「あの、でも…。何かの、間違い…かも……」

「この前から、黒蓮のやつ、なんか様子が変だと思ってたんだよ。柄《がら》にもなく考え事なんかしてさ。いったいどんなことをされたの」

ぐいっと抱き寄せられて、額に手を当てられる。ひんやりと冷たい白蘭の手はふだんなら心地いいのだが、今は困る。慌てて抵抗したが、遅かった。

どこまで見ることができるのかわからないが、白蘭が低く呻《うめ》いたところを見ると、美鈴はやはり心を隠すことができないらしい。恥ずかしさに涙が出そうだった。

「……美鈴、心の中が黒蓮でいっぱいだ。そんなに気持ちよかったの？」

「ち、違…っ」

「そう？」

違わない。違わないから、困るのだ。

「なんだか、妬《や》ける」

長い指先で頬に触れながら、白蘭は透明な瞳でじっと美鈴を覗き込んだ。瞳の奥ではまだ銀色の炎がゆらゆらと揺れている。

「美鈴の資質を考えたら、僕の巫女でもよかったはずなのに」

ぎゅっと抱き締められて、ケーブル編みの毛糸がちくちくと頬を刺した。左の耳朶《みみたぶ》を摘《つま》んだ白蘭が、深いため息とともに悔しげに呟く。

「どうしてここに、僕の痣はないんだろう」

「白蘭……」

こんなふうにため息を吐かせるくらいなら、白蘭のためにもう一つ痣があったらよかったのに……。痣の持つ意味もよくわからないまま、美鈴はぼんやりとそう考えていた。


楓が、読み終わった分の綴りを持ってやって来た。商店街からは参道を登って境内を通り抜けるのが母屋への近道で、たいてい楓はそちらを通る。

美鈴が迎えに出ると、拝殿の前に屈《かが》み込んだ黒蓮に楓が話しかけているところだった。

「何やってんだ？」

「見ての通りだ」

古びた扉を外してカンナをかけていた黒蓮が、それを持って立ち上がる。表面を削られて新しい木肌を見せた扉は、新品のような白木《しらき》の輝きを取り戻していた。美鈴の姿を認めると、手にしたカンナに視線を移し、黒蓮は独り言のように呟いた。

「暇だからな。それに、ゴクツブシ呼ばわりされてもつまらん」

ふんと、鼻を鳴らされて美鈴は少し身を縮めた。黒蓮とはあれからなんとなくギクシャクしたままで、今も楓がいてくれるからそばまで来られただけなのだ。どうしようと思っていると、しゅんと俯いた小さな頭を、黒蓮の大きな手が軽く叩く。

「バカ。冗談だ。いちいち気にするな」

見上げた黒い瞳の奥が金色に瞬いていた。笑いを含んだ気配に、気まずさが解かれる。同時に少し切なくなった。黒蓮は何も気にしていない。黒蓮にとって、あれはなんでもないことだったのだ。

社務所から出てきた白蘭が「趣味みたいなものだから、やらせておけばいいよ」と鼻の先で笑う。

「黒蓮は力を司るけど、普請《ふしん》…つまり建築や土木に関することも、彼の守備範囲だからね」

へえ、と感心し、同時に興味も湧いた。勝手に落ち込みそうになる心から目を逸らし、ほかにはどんなことが神様の仕事なのかを聞いていた。

「前にも少し話したけど、黒蓮は主に力と身体を司る。美鈴のことに関して言えば、生命力の維持と回復がこの力によるね。戦いの神でもあるから、土地に大きな災いが降りかかればその力を使って勝利をもたらすこともある。あとは今言ったように、建築や土木に関することも黒蓮の分野だね。あ、そうだ」

話の途中で白蘭は、そもそもこれを言いに出てきたのだと黒蓮に向き直った。

「淀沼の近くに駅ができそうだったけど、いくつか結界を張り直したらうまくいったみたいだ」

建具の仕上がりを確認しながら、素《そ》っ気《け》なく黒蓮は答える。

「淀沼ではダメだ。あそこは静かにしておいたほうがいい土地だからな。華和泉も適当に開発されて気脈が乱れているが、まあ駅ができれば少しはましになるだろう」

なんとなく、駅は華和泉にできると決まったような言い方だ。不思議に思って楓を振り返ると、すでに商店街で聞いてきたらしく簡単に説明してくれた。

「淀沼の地主が一斉に反対の意見を出したんだ。若いやつらが周辺の田んぼを借り上げて農業をビジネス化し始めたところなのに、駅ができれば土地が半端に切り売りされて住宅地になったりする。モールなんか来たら、いっぺんに全部持ってかれちまうしな。本当は農業を続けたかったわけだし、開発業者の地上げの仕方がヤバかったのもあって意見がまとまったらしい。で、もともとあった案の二つ目ってことで、華和泉の休耕地に話が来た」

「そういうこと。パーフェクトな説明、ありがとう」

白蘭が満足そうに微笑む。ずいぶんと急な話の展開に美鈴は戸惑いを覚えた。

(怪しい地上げ屋は、確かにいたけど……)

淀沼で目にした三人組が記憶に浮かぶ。あんなひどいことをされていいはずがないし、みんなの希望がそれぞれよい形にまとまるのなら、それに越したことはない。しかし、なんだか話がうまく運び過ぎではないだろうか。

「白蘭…、何かしたの？」

訝しげに問うと、白蘭は目を丸くした。

「まさか。何もしてないよ。気の流れが変わったから、人の動きに影響が出ただけじゃないかな。美鈴があらかた浄化しちゃった沼の気の影響も大きかったと思うよ。あれであのあたりの空気はずいぶん変わったから…。気の流れが戻って、正しい方向に物事が流れ出したんだよ」

次の建具を手に取りながら、黒蓮が釘を刺す。

「だからと言って、こいつをあんな目に遭《あ》わせたのは感心しないがな」

これには白蘭も「ごめん」と素直に謝った。素知らぬ顔で黒蓮が付け足す。

「まあ、やろうと思えば人の心を操ることなど朝飯前だろうが、確かに今回は気を整えただけらしいな」

その言葉に、美鈴はやっぱりと白蘭を振り返る。

「白蘭の力って……」

「僕の力？　さっきの続きになるけど、僕は知恵と心を司るからね。前にも言ったように美鈴の心を癒したり安定させたりするのは僕の役目だ。何かあったらいつでも相談に乗るよ。美鈴の心は僕が守る」

にっこりと麗《うるわ》しい、いつもの白蘭の笑顔に、黒蓮の言葉が重なる。

「ほかにもあるだろう。そいつは先見と千里眼の能力を持つ。どこで何が起こるか、知ろうと思えば知ることができるんだ。その上で人の記憶を操り洗脳することもな。全部手のひらに乗せて転がすことだってできるわけだ」

「そんなことはしないよ」

「確かに、滅多にそこまでしないがな。せいぜい精神を錯乱させる程度か」

美鈴が驚くのを見て、白蘭が「人聞きの悪い」と口を尖らせる。

「黒蓮なんかあっさり命を奪うくせに」

それには黒蓮が、チッといまいましげな舌打ちを返した。恐ろしげに身を引く美鈴を目にして白蘭を睨む。バチバチと火花が散り、ひとしきり、いかに相手がひどい罰を与えることができるかを言い合う二人を、美鈴は呆気《あっけ》に取られて見ているしかなかった。

黒蓮には大ケガをさせたり大病を患《わずら》わせたりする力があり、白蘭には心や精神を病《や》ませ、錯乱や障害をもたらす力があるらしい。究極の罰としてかたや命を奪うこともあり、かたや廃人にしてしまうこともあると言う。恐ろしい。

「おまけに黒蓮は雷を落とせるんだ」

「おまえだって豪雪で何度も村を閉ざしただろう」

(そんなひどいことまで……)

神様は人を助けてくれるものだとばかり思っていたのに。

「何二人して美鈴を脅かしてんだよ」

楓の声に、ようやく空気が緩む。呆然《ぼうぜん》とする美鈴に白蘭が、「滅多なことではしないよ」と慌ててフォローするが、滅多にでもしないで欲しい。

「ところでさ、いつまで美鈴を神社に閉じ込めとく気だ？　最近またずっと休んでるだろ。どうなっているのか見に行けって、あちこちから言われてうるさいんだよな」

いったんは大学へ行き始めた美鈴だったが、淀沼での一件以来また休んでいる。黒蓮が一切の外出を禁止してしまったからだ。

「別に病気ってわけでもないんだろう？　だったら大学、行かせてやれよ」

「美鈴は、行きたいのか？」

黒蓮の問いに、一拍《いっぱく》置いてではあるが美鈴はしっかりと頷いた。

学びたいことがあって選んだ大学である。そこでの勉強は好きだし、学んだことを華和泉の町のために役立てたいと思っていた。

自分の思いを言葉や態度にして伝える。その努力をしろと、黒蓮は言った。だから美鈴は「行きたい」と意思表示をしたつもりだった。なのに、それに対する黒蓮の反応はなぜか曖昧《あいまい》で、渋面《じゅうめん》を作って無言で美鈴を見つめ返すばかりだ。

「黒蓮…？」

外へ出るのは、そんなに悪いことなのだろうか。

黒蓮の顔には困惑とも諦《あきら》めともつかない複雑な色が浮かんでいる。

「おまえ、怖くないのか…？」

「え…？」

命を失いかけるほどの力の喪失を経験したばかりだ。それでも外へ出たいのかと、黒蓮は何か信じ難いものを見るように美鈴を見つめる。

言葉はぽつりと零れ落ちていた。

「黒蓮が、いるから…」

もしまたあんなことがあったらと思うと、本当は怖い。だが、何かあってもきっと黒蓮が助けてくれると、本能に近い部分で美鈴は信じていた。触れた場所から流れ込む光のイメージはそれほどに鮮明で、もしかしたら身体を持たない黒蓮に力を与えられるよりも、それは確かな実感なのかもしれないと思う。

けれど、ため息を吐かれて美鈴は少し後悔した。当然のように助けてもらえると信じていた自分が、急に恥ずかしくなる。

「あの…、ごめんね。黒蓮が迷惑なら…」

「迷惑などとは言っていない。それが俺の役目でもあるしな…。だが…」

いったん言葉を切り、黒蓮は探るような気配で付け加える。

「浄化をすれば、失われた力を埋めるために、俺はおまえに触れる必要があるんだぞ」

ざわりと肌が粟立《あわだ》った。にわかに騒ぎ出した心臓に手を当てて抑え込む。

「触れればまた、おまえをどうにかしたくなるかもしれん」

低い声で呟かれて息が止まる。うろうろと泳ぐ視線の先で、黒蓮は僅かに口の端を上げて笑った。

「それでもいいなら、好きにしろ。力ならいくらでも埋めてやる」

「どうなんだ。行かせてやれるのか」

楓の問いかけに、美鈴を見据《みす》えたまま黒蓮は頷いてみせた。

「明日から行かせる」

「わかった」

ホームページのことで何か相談があるらしく、楓は白蘭とともに社務所のほうへ行ってしまう。それを横目で見ながら、黒蓮が美鈴の身体を引き寄せた。囁きが頭の上に落ちる。

「そういうことなら、もう少しじっくりとおまえを味わうのも悪くないだろう。次からは泣いてもやめないから覚悟しておけ」

美鈴は飛び上がった。

「なんだ。そう獣を見るような目で見るな。おまえだって悪くなかったはずだぞ」

返す言葉が見つからないまま、それでも抵抗を覚える。黒蓮に触れられれば、力を埋めてもらうこととは別に、美鈴の身体は甘く溶けてしまう。そのことを認めないわけにはいかなかった。けれど、心はまだ全く追いついていないのだ。不安や迷いや恥ずかしさが混然となって、溢れそうなくらいにいっぱいだった。

そろりと腰を撫でられて、叫びそうになる。あたふたとする美鈴を黒蓮が笑い、もしかして遊ばれているのかと胡乱な目になって見上げた。

「おい。何をコソコソやってんだよ」

話を終えて白蘭と戻ってきた楓が、持っていた綴りを美鈴に手渡す。そうしながら、二人の神様を交互に眺めてぼそりと言った。

「それにしても、本当にあんたたちが人の姿になるのは僅かな時間だったんだな。どんなに長くても半月…。ほとんどの場合、何時間かで消えてたんじゃないか？」

そんなにすぐ、と美鈴は思ったが、二人は当たり前のように「そうだ」と頷く。人の姿でいることは滅多にないという言葉は、決して大袈裟《おおげさ》なものではなかったのだ。

配達の手伝いもあるらしく、綴りを渡してしまうと楓はそのまま帰ると言って背を向けた。いつものように自然な足取りで拝殿の前に進み、背中を向けたままなんとなく問う。

「ここって今、空っぽなのか？」

「余計なことは考えるな。いいから鈴を鳴らせ」

ガランガランと音を立てて、楓は大きな鈴を鳴らした。

それを見ていた美鈴の頭に、ふいにある考えが浮かんだ。

（そうか…。神様を呼ぶ時には、鈴を鳴らすんだ…）

同時にひらめくものがあって、白蘭との会話の時から気になっていたことを楓に確認する。

「楓…、道祖神のお祭りでもらえるのってなんだったっけ？」

何か小さくて綺麗なものだった。同じ年頃の子どもたちが、大事そうに手の中に握っているのをいつも遠くから見ていたのだ。

「ああ、鈴だな。金の鈴を見つければ、その年は健康でいられる。銀の鈴なら賢くなれるんだったかな。俺はいつも金のしか見つけられなかったけどな」

だからバカだと笑う楓は、実際にはとても優秀だ。多方面に亘って活躍しているので、学業面があまり目立たないだけで…。

それよりも、続く楓の言葉に美鈴ははっと顔を上げた。

「俺たちがもらうのは、もちろんレプリカだけどな。本物の鈴は、泉の祠にあるんだろ？」

「本物の鈴？」

「ああ。祭りに行くと毎年のように聞かされたもんだ。どういう謂《いわ》れのある鈴かはわからないけど、純金と純銀で作られた古い鈴が祠にはあるらしい。あんな小さい祠だから、盗もうと思えば盗めそうなものだけどな。あれで強い呪がかけられてるんだそうだ。開けようとすれば祟《たた》りがあるんだとさ。そうでなくても、怖くてなかなか二の鳥居の先へは行く気になれないけどな」

（金と銀の、鈴…）

泉での出来事が脳裏に浮かぶ。途中で意識を失った美鈴は、どこまでが夢の中のことで、どこからが実際にあったことなのかが曖昧だ。けれど…。

ざわざわと騒ぐ杜、ひときわ強い風が吹いて美鈴は後ろに転びかけた。そして、慌てて開いた目に飛び込んできたのは…。

（あの時の鈴…泉で見つけたあの鈴は、あれからどうしたんだろう…？）

黒蓮と白蘭を振り返って見たが、鈴の話を聞いても特に変わった様子はない。ならば、あれもまた夢の中の出来事なのだろうかと思い、すぐにそうではないのだと考え直した。

（実体化に関わることは、ほとんど知らないんだっけ…）

一度、祠に行ってみる必要がありそうだった。

その夜、自室で一人になった美鈴は、楓の持ってきた綴りとそれを訳したメモに目を通し、小さく首を傾げていた。

（この巫女さんて……）

それは他愛のない日々を綴っただけの記録だったが、その記述のそこかしこには白蘭の名が繰り返し記されていた。ささいな出来事が淡々と綴られ、いつ人の姿になりいつ花に返ったかが詳細に記録されている。これを見たから楓はさっきのようなことを言ったのだ。

（だけど…）

この日記を、巫女は白蘭たちに読ませたくなかった。その理由を考えてみると、一つの答えに行き着いた。

（この人は…、白蘭に恋していたのかな？）

何しろ白蘭という神様は、とんでもない美貌に加えて、素《す》でフェロモンを垂れ流しているところがある。あからさまな表現こそ一つもなかったが、秘めても滲み出る巫女の思いが、そこには刻まれている気がした。好きで好きでたまらず、その名を記さずにいられない。けれど、それを知られることをどこかで恐れているような…。

ふいに白蘭の硝子のような瞳が脳裏を過《よぎ》る。あの冷たく透き通る眼差しは、この巫女に向けられたものだったのだろうか…。

国や、そこに暮らす人々のために在《あ》ったという巫女。その巫女が個人的な都合や思惑で自分たちを呼び出すことを、二人は嫌っていた。黒蓮が最初あんなに不機嫌な態度を取ったのも、用もないのに美鈴が二人を呼び出したせいだ。

（千年前、この人と何かあったのかもしれない…）

おそらく実体化に関わることではないかと思えた。巫女の残した記録から、白蘭が頻繁に人の姿でいたことがわかる。だが、白蘭はそれを望んでいなかったはずなのだ。

花の神様は、花に在るのが本来の姿だ。たとえ験の巫女といえども、心のままに呼び出してよいものではない。まして、実体化は二人の意思に関係なく験の巫女が司るものだと言う。そこには自重と配慮が必要なはずなのだ。

何があったのかまではわからない。白蘭とこの巫女の間に起こった何かが原因なのだろうとは思えたが、それも推測でしかなかった。ただ、ようやく目覚めた二人が、再び眠るようなことがなければいいと思う。それが実体化に関わることならば、二人の望むように、できるだけ早く花に返さなければいけないと思った。

そのために、楓にこうして綴りを読み解いてもらっている。千年の時を越えて手の中にある綴りを見つめ、美鈴は改めて心に言い聞かせた。

（ちゃんと、花に返さなくちゃ…）

窓の外には丸い月が、白い光を放って天頂に輝いていた。

頬杖をついてその月を見上げ、月の光というのは美しいけれど寂しいものだなと思う。

昼間、祠に足を運んでみたのだが、どんなに願っても鈴が現れることはなかった。落胆とも安堵ともつかない気持ちで、数日ぶりに訪れた祠を綺麗に清めてきた。

(呼ぶ時に鈴がいるなら、返す時にも使うかと思ったんだけどな…)

人の姿でいる期間は長くても半月と楓は言った。手の中の記録にそれは記されている。現れても多くはその日のうちに二人は花に返っていた。白蘭一人の時もそれは同じだ。

(どうしてそんなに短い時間しか、人の姿でいないんだろう)

長い時間実体化していると何か都合の悪いことでもあるのだろうか。もしそうなら、あまりゆっくりはしていられないのかもしれない。

二人が現れてからすでに三週間が過ぎていた。

翌朝玄関を出た美鈴は、思わず両手を口に当て絶句した。

(うわあ…。なにこれ、すごいカッコイイ……)

長めの黒髪を一つに束《たば》ね帽子を目深《まぶか》にかぶった黒蓮が、玄関の音に振り向いてそこに立っていた。バランスの取れた長身の体躯は、楓から譲られた服をまとうと並のモデルより絵になっている。無駄のない所作と相まって、白蘭のキラキラした眩しさとはまた別の、立っているだけで見とれてしまうようなカッコよさだ。

「どうしたの？　急に……」

「おまえと行くならこれを着ろと白蘭に言われた」

ある程度力がコントロールできるまで、しばらくそばについていてくれると言う。黒蓮がいてくれるなら、これに勝る安心はない。うっかり浄化をしてしまっても、その場でチャージが約束されるのだ。

（それに…）

楓の服を案外気に入っていた白蘭に対し、黒蓮はいくら勧めても「そんなものを着る気はない」と頑《かたく》なだった。人前に出るのは嫌いだとも言っていた。それを、わざわざ着替えてついて来てくれるのかと思ったら、なんだか心の中にぱあっと花が咲いた気分になる。

「ありがと」

嬉しさを噛みしめながら告げると、驚いたような目が見下ろしてくる。首を傾げると、なぜか苦笑を返された。

「いや、あんまり素直に礼を言うから驚いただけだ。おまえのような巫女は初めてだな」

「なんか、白蘭もそんなこと言ってた。昔の巫女さんてプライドが高かったのかな？」

「相当のものだったぞ」

大学に向かうバスや電車を乗り継ぐ間、黒蓮はとても上機嫌に見えた。交通網や乗りもの関係も力の神様の管轄らしい。千年眠っていたとは思えないほどの精通ぶりに、どこの鉄道オタクかと笑いそうになる。

白蘭がついて来なかったのも、上機嫌の理由らしかった。

「白蘭のやつ、じいさんにパソコンの講習をするらしい」

「え、でも、おじいちゃん、キーボードの位置も曖昧だよ？」

「そこは、あいつも知恵を司る神としての意地があるだろう。気合で教え込むさ」

気合でどうにかなるレベルではなかった気もするが、白蘭の仕事ぶりに委《ゆだ》ねてみることにする。

大学のある駅まで電車に揺られながら、黒蓮は車窓を流れる景色を珍しそうに眺めていた。「この乗りものは、速いな」と嬉しげに呟いたりしている。

黒蓮のそばにいることは、今ではもう怖いことでも緊張することでもなくなっていた。ふいうちのようにドキドキさせられることにはまだ慣れないが、なんでも言っていいのだと思え、それらをきちんと受け止めてもらえることが嬉しいと思う。

「ねえ、黒蓮…。浄化をしないでいると、その場所はどうなるのかな」

「ん？　なんだ、急に」

「浄化って、あの影みたいな淀みをなくすことなんだよね。あれをじっと見ていると嫌な気分になって、身体から力が抜けて…、でもそうしているうちに影は消えていくから」

「そうだ。それだけわかっていれば、あれを避けることは簡単だろう？　無視して、意識を向けなければいいだけだ」

「……。でも、そういう場所って、よくないことが起こりやすいよね…」

僅かな期間の経験でしかないが、暗く淀んだ場所には、病気や事故、諍いや貧困といったマイナスの事象が起こりやすいことを美鈴は感じ取っていた。シャッターの下りた商店街や人通りの絶えた路地裏、空き家の目立つ町外れの集落に、そうした淀みは多かったのだ。

「あの淀みのせいなんでしょう？　それをそのままにしておくと、悪い気はずっとそこにあるのかな…？」

そう思うと、なかなか影から目を逸らすことができない。そうした迷いが力のコントロールを難しくしていることは、美鈴にもなんとなくわかっているのだ。

「白蘭がおまえを気に入るわけだな」

ふいに零された言葉に、どういうことかと視線を向ける。

「あれは知恵の神だからな。基本的に賢い人間が好きだ。おまえのように物事を深く考え、何かを理解しようと努める者は特にな…。おまけに、おまえはかなり健全で素直な心を持っていると褒めていたぞ」

何度か瞳を瞬いて、黒蓮の言葉を咀嚼《そしゃく》した。褒められているのなら、それは嬉しいことだと思う。

「資質としては、おまえは十分に知恵の巫女でもあるということだ。もっとも、見た目によらずやけに丈夫な身体をしているから、俺の巫女であることは確かだがな」

そういうものなのだろうか…。どちらの巫女であっても二人の助けは必要だと聞いたが、資質というものがやはり関係あるようだと、少し首を傾げつつ納得した。

「それよりね、黒蓮…。浄化をしないでいると、やっぱりそこにはずっと悪い気が居座ることになるんだよね？」

「まあ、そうだな」

「だったら…、浄化はしなくちゃいけないと思う。避けたままでは、いられないよ」

淀みの存在を知りながらそれを放置することは、美鈴には力を失うのと同じように辛《つら》く苦しいことだ。それが、自分の中の命の砂を減らす作業であっても、放ってはおけない。

迷って力をコントロールできないくらいなら、いっそのこと使ってしまうほうがいいと思ったのだ。とはいえ、あの淀沼で経験した激しい喪失を思うと、正直足が竦む。死ぬのは怖いと本気で思った。だから……。

「黒蓮……」

助けて欲しいと言いかけた美鈴は、黒蓮が自分を睨んでいることに気付いて言葉をのみ込む。

「おまえは、バカか」

吐き捨てるように言われたひと言に一瞬怯《ひる》み、次いで僅かに唇を尖らせた。つい今しがた賢いと褒めてくれたのはなんだったのだ。

「あれほどの目に遭ったばかりでなぜそんなことが言える。下手をすれば命を落としかねなかったんだぞ」

それは、わかっている。黒蓮がいなかったらと思うと本当にぞっとする。だからこそ、お願いしようとしているのに…。

「おまえが命を削って浄化をしようが、そんなもの誰も気付きはしないんだ。褒められもしなければ、感謝されることもない」

「そんなこと…」

黒蓮の言葉に怯みながらも、美鈴は反論した。

「そんなこと、別にいい」

「なんだと？」

「災いが取り除かれて、誰かが困ることがなくなるなら、それでいい。だからね、黒蓮…。ぼくを助けてくれる？」

まっすぐに向けた大きな瞳を、黒い瞳が受け止める。その曇りのなさに圧倒されるように、鋭く力のある瞳が畏怖を滲ませて僅かに見開かれる。

「本気で、言っているのか…？」

ガタン…と小さく電車が揺れた。美鈴の瞳は揺るがない。斜めに差し込む秋の日差しを受けて、水のようにきらきらと澄んだ輝きを放っていた。

「…おまえは、筋金入りのバカだ。下手をすれば命に関わるとわかっていて、その命さえなんの見返りもなく差し出すと言うのか」

「黒蓮…」

反対なのだろうか。黒蓮の助けがなければ、とても浄化など続けられない。美鈴の小さな命など、見る間に消えてなくなってしまうだろう。

僅かに落胆《らくたん》しかけた時、深いため息とともに低い声が告げた。

「…そんなバカを放っておくわけにはいかない。俺たちがここにいて、験の巫女を死なせるわけにはいかないからな」

それから、ほとんど向かい合う形に身体の向きを変え、美鈴の胸の奥に刻みつけるように黒蓮は言った。

「わかったから、よく聞け。おまえの望みを叶えよう。だが、いいか。おまえの命は俺に預けろ。全部だ」

命一つを丸ごと引き受けるから、全部を預けてしまえ。そう告げた金色の瞳を、美鈴はじっと見つめ返した。全部を預けていいのだ、淀みの前を見て見ぬふりで通り過ぎなくても、黒蓮が助けてくれる…そう理解すると、頬には笑みが浮かびかけた。

「あ、でも…」

「なんだ。まだ、何かあるのか」

「うん。あのね…、ぼくにいっぱい力をくれて、黒蓮が辛くなったりしないかな…？」

何しろ美鈴が死にかけるほどの大きな洞なのだ。それほどの力を頻繁にもらっていいものだろうかと心配になる。

チラリと見上げると、力の神様は驚きを通り越して呆れたような表情をしていた。

「……おまえ、俺の力の心配をするのか？　白蘭から聞いた時にも思ったが、おまえというやつは、とんでもない大物だな」

大物？　と首を傾げると、硬質な顔に珍しく深い笑みが浮かんだ。

「あまりみくびるな。おまえの命の一つや二つ、まるまる埋めたってどうってことはない」

だから安心しろと力強い言葉で伝えられ、美鈴はようやく微笑んだ。

「うん。ありがと、黒蓮」

願いを聞き届けられた嬉しさに、黒蓮の肩に頬を擦りつける。少し甘え過ぎかと思ったが、気配を和らげることで黒蓮はそれを許してくれた。

トクントクンと刻まれる心臓の響きに、線路からの振動が重なる。

「おまえは、変わった巫女だな」

何か考え込んでいた黒蓮が、ぽつりと呟く。

「おまえに…」

続く言葉は、それに重なった車内アナウンスに紛《まぎ》れてどこかへ消えていった。大学のある駅の名をのんびりとした声が告げていた。


午前中の講義が終わる頃までは、何事もなく過ぎていった。数日ぶりに顔を見せた美鈴に、何人もの知り合いが声をかけてくれる。少し前まで自分は死ぬかもしれないと思っていた美鈴には何気ないことでも嬉しく、自然に顔をほころばせて応えていた。

平和に見えた一日は、昼が近付くにつれ徐々に様子を変えてゆく。ザワつく空気を感じて、いったい何が？　とあたりを見回した美鈴は、その原因に気付いてギョッとした。隣からただならぬ気配が放出されているのだ。

白蘭があれほど美しい姿を簡単に隠したように、黒蓮もまた気配を消せばそう人目には付かないはずだった。実際、バスや電車の中では何もなかったし、大学に着いてからもしばらくは平穏だったのだ。それが今は、周りの視線を一身に集め、のみならず不機嫌なオーラを周囲に放って威嚇《いかく》している。

「あの…、黒蓮…？」

お腹でも空いているのだろうか。黒蓮の食欲は、身体に見合ってかなり旺盛だ。しかもあきらかに空腹時のほうが怒りっぽい。きっとそうだと判断した美鈴は、授業が終わるとすぐに学食を目指した。

学生たちの視線が追う中を、足早に移動する。校舎に囲まれた中庭を抜け、まっすぐに学食のある建物を目指すが、その手前でふいに黒蓮に腕を引かれ、銀杏の大木の陰に連れて行かれた。

「黒蓮、どうし…？」

言葉が終わる前に、唐突に唇を塞がれた。心臓が大きく跳ね上がる。

「んんっ」

反射的に逃げた身体を長い腕に引き寄せられ、強く抱き締められた。大きな手のひらに後頭部を固定されて身動きが取れない。

(な、なに？　なんで急に…？)

侵入してきた舌に口の中を探られて、花火のような快感が背中で弾ける。奪う時と同様に黒蓮は唐突に唇を離した。

「俺は、思ったより狭量《きょうりょう》らしい」

ぼそりと低い声が不機嫌に呟く。

「誰かがおまえを見るのが、腹立たしい」

「はぁあ?」

言われた意味の意外さに、おかしな声が出てしまった。誰かが見るのが腹立たしいだなんて、それではまるで…。まるで……。

(ヤキモチ、妬いてるみたい…)

赤くなる耳に唇で触れられ、小さく震える。

「俺は決めたぞ。今すぐおまえを、俺のものにする」

「な…、なに言って…?」

今すぐと言われても、ここは大学の構内だ。午後の授業だって残っている。

動揺した自分がどんな言葉を言ったのか定かではない。ここではダメだとか、そんなようなことだったのかもしれないが、「ならば、帰って続きをする」と言う黒蓮に手首を掴まれて歩き出していた。

どうやって家まで帰ったのかわからないのに、いつの間にか建てつけの悪い玄関の前にいた。緊張と恥ずかしさで頭の中がぐちゃぐちゃで、うまく思考が働かないのだ。

どうして急にこんなことになったのかと、それればかりがぐるぐると繰り返し頭を駆け巡っていた。浄化らしいことをした覚えもなく、黒蓮が美鈴に触れてくる理由が見当たらない。しかも「俺のものにする」だなんて、あまりに突然で頭も心もついていけない。

勇んで家に帰り着いた黒蓮だったが、ここで鉄壁の要塞《ようさい》となった白蘭が美鈴を引きはがす。

「邪魔をするな。俺たちは今からことに及ぶのだ」

黒蓮の恥ずかしい宣言に、白蘭はふだんとはどこか異なる悪魔めいた微笑で対峙《たいじ》した。瞳には銀色の炎が揺らめいている。

「自分の巫女だからって、無闇にそういうことをしていい権利はないはずだよ。あくまで美鈴の同意が必要なんだからね。この前のことだって、どう考えてもフライングだ」

黒蓮も負けてはいなかった。

まっすぐに白蘭を見据えると、静かに頷いて言葉を口にする。

「承知だ。だが、俺は決めた。一人の男として、美鈴を抱く」

一瞬、白蘭は大きく目を見開いて黒蓮を見つめ返した。

驚愕《きょうがく》と動揺とがその瞳を揺らす。

「決めたって…、それは、その身体を美鈴に与えるって意味？」

「そうだ」

短く言い切る黒蓮に、白蘭は言葉を探しているようだった。

「……だからって…、あんたみたいな体力お化けがいきなりやったら、美鈴が壊れちゃうでしょ。だいたい美鈴にはまだ、その準備ができていないみたいだけど？　浄化で弱った身体を癒すのを口実に触っておいて、それとの区別もはっきり教えないまま結論を急ぐのは卑怯《ひきょう》だ」

卑怯、という言葉に黒蓮の眉がピクリと反応する。ぎゅっと唇を結んで固まっている美鈴に視線を移し、その全身に漂う緊張の気配を認めると、ふんと一つ鼻を鳴らして睫毛を伏せた。

白蘭の言葉にも一理あると判断したのか、黒蓮は不本意な様子ながらも引き下がった。

「確かに、巫女の同意は必要だ。だが、俺は決めた。それだけは事実だからな」

その言葉に白蘭は唇を噛んでいた。

だが、ようやく黒蓮を追い払うと、ガードと称して美鈴を腕の中に収めたまま沈痛な面持《おもも》ちで呟く。

「こんな仔鹿みたいな腰にいきなりあの最終兵器をぶち込もうだなんて…、ケダモノだな。気を付けるんだよ、美鈴。黒蓮は基本的には忍耐強いけど、何しろあの体力だからね。そっちの方面については、間違いなく絶倫だと思っていい」

引き攣った顔で見上げると「かわいそうに」と腰に手が回される。

「僕の巫女なら、最初からゆっくり手ほどきをしてあげるのに」

残念そうに囁かれ、どう返したものかと頭を抱えた。今までが経験不足なだけに、次々と艶《なま》めかしい言葉を投げかけられてもとても対応しきれない。

白蘭は感慨深げに美鈴を見つめている。「そうか、黒蓮は決めたのか…」と、いかにも惜しそうなため息を吐いて美鈴を抱き締めた。

「いつまでそうやって美鈴を抱いてる。さっさと離れろ」

憮然《ぶぜん》として奥の座卓《ざたく》に着いていた黒蓮が、やはりどこか面白くないらしく、そこに載っていたミカンを白蘭に投げつけた。

「イテッ。何すんだよ」

「受け取れないのか。どんくさいやつだ」

白蘭が頭に手をやった隙に、美鈴はそそくさとその腕の中から脱出した。

聞き慣れた二人の諍いを半分呆れてやり過ごす。いきなりがどうの、開発がこうのと言い合ってい

るようだが、好きにさせておいた。せっかく久しぶりに行った大学の、午後の授業を受け損ねたことが残念だ。

部屋の外まで転がり出たミカンを拾って、祖父が続き間の敷居《しきい》を跨《また》いできた。

「食べものを粗末にしおって、しようがないのぉ」

座卓の籠《かご》にミカンを戻した祖父は、白蘭に向き直ると、なぜかいきなりぱあっと満面に笑みを浮かべた。

「バッチリじゃよ、白蘭さま。あれでガッポガッポ稼いでくれるというのはホントなんじゃな？」

祖父の言葉を聞くと、あっさりと黒蓮を放り出して、白蘭も座卓を回り込んでくる。

「依頼、来てた？」

「おお。それが、けっこう来とるんじゃよ。あれならホントにガッポガッポ稼げそうじゃの」

「うんうん」

ガッポガッポ、ガッポガッポと嬉しそうに言い合う祖父と白蘭を、美鈴は唖然《あぜん》として見つめた。この二人が神主と知恵の神様だなんて、何か間違っている。

二人が話しているのは、ホームページの問い合わせフォームの件だ。楓の提案による白蘭のレクチャーで、本当に祖父はパソコンの使い方をマスターしたらしい。

喜々として仕事の段取りを話し合った後、白蘭が真面目《まじめ》な顔で付け足す。

「それから、この前淀沼にいた三人組だけど、調べたらやっぱりヘンだったよ。一応、不動産屋ってことにはなってるけど、あきらかに無理な地上げで成り立ってる土地のブローカーだ。中でも、あの三人は特に性質《たち》が悪いらしいから気を付けないとね」

駅が華和泉にできるとなると、淀沼から標的を移してくるかもしれないと続ける。

「返済が遅れてる銀行の融資を、まずはきちんと処理しよう。差し押さえにでもなったら、それこそ土地はすぐ狙《ねら》われるだろうから。それがなんとかなったら、次は建物の修理だね。美鈴、これから忙しくなるよ」

「はい」

目に見える方向を示されると心が引き締まる。頑張ろうと、誓いを新たにした。

ちなみに美鈴の女装巫女姿は、ワールドワイドに閲覧可能なホームページにしっかりアップされている。最近になって「俺の巫女を無闇に露出させてはならん」という黒蓮のよくわからない提言があり、神主役の白蘭のほうが目立つものに差し替えられたのが、せめてもの救いだった。

命を預けろと言った言葉の通り、黒蓮はその後も何度か美鈴に付き添って出かけてくれた。美鈴の負担を減らすために、淀みを見つけても、それがいずれ気の流れによって解消するものならば放っておくようにと言い含める。それでも気になってうまく意識を逸らせずにいると、「そんなに俺に触れて欲しいのか」とからかうように言って、使ってしまった力を埋めてくれるのだった。

額に触れるだけでなく、口づけて指先を這わせながら金色の光を与える。泣きそうになる美鈴に、「そんな顔をするな」と告げるけれど、無理にそれ以上のことを求めてはこなかった。

「手に入れる時は、おまえの全てがいいからな」

触れられて、身体だけが求め合ってしまうことに美鈴は抵抗を感じていた。男同士であることや、黒蓮が神様で、いずれは花に返るのだとわかっていることも、小さな障害とは言えない。それなのに、甘く騒ぐ心臓をどうすることもできず、心も身体も頭も、全部がばらばらだった。そんな美鈴の葛藤《かっとう》を知ってか知らずか、少なくとも「身体だけではないのだ」と、密やかな囁きで黒蓮は教える。

「そんな顔をされて、俺がどれだけ我慢しているかわかるか。すぐにでもおまえを俺のものにしたいのに、それだけでは足りないから耐えているると理解しろ。おまえの心が追いつくまで待つからな」

「ここ、ろ…？」

「そうだ。心と身体の両方で、俺を欲しいと思うまで…」

そう言いながら新たな領域に触れ、ビクリと跳ねる美鈴を嬉しげに見据える。

「待ちながら少しずつ開発するのもいいものだ。おまえの反応は実に初々《ういうい》しいからな」

わき腹や胸の飾り、腿の内側やもちろんその中心など、触れられれば自分がおかしくなってしまう場所が無数にあることを知らされ、その快楽の甘さを教えられた。

僅かに残る理性を手放し、何もかも忘れて溺《おぼ》れてしまいたい。日に日に高まるその衝動を、美鈴はやっとの思いでやり過ごしていた。そうして、甘い誘惑の蜜に中途半端に絡め取られていた。


年に一度の祈願祭《きがんさい》を前にして、境内にはお参りに来る人々の姿が時おり見られるようになった。最近ではハロウィンのほうがよほど認知度は上がってしまったが、神道での十月は神無月《かんなづき》。神様に次の年の願い事を捧げる月である。氏神様は氏子《うじこ》の願いを預かって、出雲《いづも》にある大社《たいしゃ》に集まりそれらの内容を吟味《ぎんみ》するのだ。

　拝殿を前にして、美鈴は考え込んでいた。楓が指摘した時にも気になったことだが、ここに賽銭を投げて鈴を鳴らす人々は、その先に神様がいると信じて祈りを捧げている。その願いはきちんと聞き届けてもらえるのだろうか。

　心配で白蘭に聞いてみたが、存外気楽に「なんとかなってるから大丈夫」と流された。「大丈夫」だけれど、「なんとかなっている」レベルなのかとかえって不安になる美鈴に、白蘭は軽く肩を竦めてこんなことを言う。

「僕たちは魔法使いじゃないし、お賽銭入れたら願い事叶える自動販売機でもないんだよ。神社で願うことの一番のポイントは、自分が何を願っているかちゃんと知ることにある。それだけで、どこへ向かって努力をすればいいのかはっきりしてくるからね」

　それが叶うかどうかは、どのみち本人次第なのだそうだ。

「それじゃ、神様って何をするの？」

「見守る。気を整えて、努力が実を結びやすいようにはするけど…。いわゆる『加護』ってやつだね」

　それだけ説明すると、それより仕事だと知恵の神様はさっさと社務所へ行ってしまった。まずは稼げるだけ稼いで、神社の財政を立て直すのが最優先なのだそうだ。

　多少の淀みは見過ごせるようになり、力が失われる頻度が下がってくると、美鈴は神社の巫女としての業務をこなし始めた。微妙な面持ちで着替えて見せると、白蘭は「かわいい」と目を輝かせ、黒蓮は再びその狭量さを見せて不機嫌になった。

「ねえ、神主の役って、本当に白蘭がやるの？」

「そのつもりだけど？」

ホームページに自分の写真を使った時から、神主役をやることを白蘭は決めていたらしい。撮影時の衣装をそのまま借り受けている段取りのよさが、その意気込みを物語っている。

実際、依頼の際にも白蘭を指名されることが多く、祖父は背中に若干の哀愁を漂わせながらも「わしは裏方に徹する」と健気《けなげ》な言葉を吐いていた。パソコンのレクチャーは先見の神様の周到な計画の一部だったたと、この時になって美鈴は気付いた。

神様自らが神主というのはとてもヘンな気もするが、巫女はすでに男である。なんでもありで突っ走るしかない。

儀式殿で執《と》り行われる結婚式その他の祈願は特に問題なかったが、地鎮祭《じちんさい》の依頼には注意が必要だった。文字通り土地の災いを鎮《しず》めるためのお祓《はら》いなので、実際に悪い気が淀んでいることも多く、玉ぐし料を受け取ったとなると美鈴にはそれを見過ごすことができない。依頼先から帰るタクシーの中で、白蘭が呆れたように言った。

「あのくらい見過ごしたって大丈夫だったのに…」

「だって、それじゃなんとなく詐欺《さぎ》みたいじゃない」

「まあ、そうかもしれないけど、たいていお祓いなんてそんなもんじゃないのかな」

神様なのに、なんてことを言うのだろう。

「それより、死の淵に立った記憶が消えないうちに自分から浄化をすると言い出した巫女は、美鈴が初めてだよ」

どうしても浄化が必要な局面まで来て、白蘭が験の巫女の心を宥《なだ》めてようやく再開する…それが、これまでのパターンだったのだそうだ。それでもなかなか心を決められない験の巫女をたくさん見てきたと言い、「みんな自分がかわいいのさ」と、どこか諦めたように付け足す。命は誰でも惜しいだろうから仕方がないのだと。

「美鈴も、怖くないわけじゃないんだよね」

「うん。怖い…」

これには正直に頷く。意地を張っても仕方がない。タクシーに乗ると淀沼からの帰り道を思い出して、身体が強張るくらいだった。今も少し浄化してきただけなのに顔色が悪く、白蘭が軽く手を握って心を宥めてくれている。

「それでも、頑張れるのはなぜ？　そんなに怖いのを我慢しても、誰も美鈴のしていることをわかりはしないんだよ？」

黒蓮に似たようなことを聞かれた時にも思ったことだが、そこに災いがあることを知っていて、それを自分が取り除けるのなら取り除きたい。そう考えるのは自然なことではないだろうか。

「例えば、ごみが落ちてたら拾うよね」

「まあ…。ごみを拾っても、死にはしないからね」

「うん。ごみを拾うのよりは、ちょっと勇気がいるけど…。でも、その勇気は白蘭がくれるし、何かあった時は黒蓮が助けてくれる。だから、拾わないでいるよりは拾ったほうが気持ちいいかなと思って…」

あまりにあっけらかんとした答えに、白蘭は言葉を失っていた。自分を絶句させた巫女を前に、知恵の神様が密かに畏敬の念を抱いているなどと美鈴が気付くはずもなく、独り言のように小さな声で言葉を続ける。

「誰かが見てるから拾うわけじゃないよね…」

車窓を過ぎる景色を見ながら当たり前のように呟かれたその言葉に、白蘭は戸惑いの滲む言葉を口にする。

「人は、自分の苦労を誰もわかってくれないと、いつも嘆《なげ》くものだと思っていたよ…。あるいは努力を評価して欲しくて、それを誇示するものだと……」

「うん…。誰かに褒められたくて頑張るのだって、自然なことだと思うよ」

人の心というのは、それほどに弱くて小さいものなのだ…。

目を閉じると、浄化で生じた小さな洞に心が強張っているのがわかった。それをそっと和らげるように白蘭が手を握ってくれている。身体の辛さとは別の、心がささくれ立つような痛みが銀色の光の中に溶けてゆく。

「白蘭だって…。誰も知らなくてもこうしてぼくに力をくれるよ。黒蓮も……」

「それは…、それが僕たちの役目だからね」

「花も、誰も見ていなくても綺麗に咲いてるよね。鳥は、誰かが聞いてなくても、かわいい声で鳴くでしょう…？」

人も、そんなふうに強くなればいいと、美鈴は思う。そんなふうに強くありたいと、思うのだ。

ふいに白蘭の着物の袖が微かな音を立て、瞼に唇が押し当てられる。

「白蘭…？」

すぐに離れていくのがわかり目を開けると、銀色の瞳が切なげに美鈴を見ていた。

「美鈴を僕のものにできたらいいのに…。どうして黒蓮の巫女なんだろう」

伸びてきた指先が左の耳に触れて、トクンと心臓が甘い鼓動を鳴らした。

「それが罪でも、このままさらって逃げようか。美鈴が、僕のものになるのなら…」

本気とも冗談ともわからない言葉を耳元に聞きながら、柔らかく抱き締められる。愛《いと》しげに髪に頬を寄せられ、その腕から逃れることができなかった。

タクシーを降りると、あたりを白く霞《かす》ませて霧のように細かい雨が降り始めていた。見上げた木々はすでにしっとりと湿って、その枝は低く項垂《うなだ》れている。

「濡れるから、先に戻っていいよ」

白蘭の言葉に従い、支払いを任せて葉のトンネルの下に入る。小袖の上に羽織ったマントのようなグレーのコートは厚みのあるウールで、撥水《はっすい》加工も施《ほどこ》してあった。それでも、十月も下旬の雨の日では長く外にいるのは難しそうだ。美鈴は言われた通り、一人で先に石段を登り始めた。

うっそうとした木々が茂る参道には、小雨程度なら十分遮るほどの葉が両脇から覆いかぶさっている。ぱさぱさと、少し大きくなり始めた雨粒が葉を叩く音を聞きながら、一人でここを通るのも久しぶりだと考えた。最近はたいてい黒蓮か白蘭が一緒だったからだ。

半分ほど石段を登ったところで、雨音に混じって微かに聞こえた音に足を止める。縄で仕切った竹林の奥を覗き込むと、いくつかの人影が葉の向こうに動くのが見えた。

(なにしてるんだろう)

覗き込んだ先に見えたのは、以前淀沼の農家で見かけた例の三人組の姿だった。派手なスーツの男が地図を広げて、あちこち位置を確認している。指示を受けた茶髪と五分刈りがコンパスやメジャーを手に、意外にもそれらをきちんと使って土地の測量をしているようだ。

いかにも怪しいと思ったが、白蘭が気を付けろと言っていたことを思い出し、踵《きびす》を返しかけた。けれどその時、パサリと葉の一つが揺れて、水滴がフードの隙間から小袖の衿《えり》に滑り落ちる。

「ひゃっ」

冷たさに、美鈴は思わず声を上げてしまった。慌てて口を覆うが、五分刈りの男が振り返り、サングラスの奥の目であたりを探るように視線を走らせるのが目に入った。

急いで葉の陰に身を隠したが、横から出てきた茶髪が淡いグレーの布地を目ざとく捉《とら》え関西弁で凄《すご》んでくる。

「そこに隠れとるおまえ、そんなとこで何しとんねん」

ガサガサと葉を分けて、二人の男が近付いてくる。逃げたほうがいいと気付いて、急いで立ち上がった美鈴の肩から、羽織っただけのコートが枝にかかって滑り落ちた。

フードの下から現れた蒼白な顔と白い小袖、そして赤い袴を目にした男たちが動きを止める。

「おい…、見ろよ。こりゃあ、そこの神社の巫女さんじゃねえか」

「噂には聞いていたけど、えらい上玉やな」

舐《な》めるような視線に嫌悪感を覚えながら、コートを諦めて再び踵を返す。だが一歩遅く、腕を取られてサングラスの男に拘束された。

「へええ、近くで見るとますます別嬪《べっぴん》だぜ」

「アニキ、この巫女さんどないしやす？」

ニヤニヤと嫌な笑いを浮かべて茶髪が後ろの男に聞く。派手なスーツの男は銀縁眼鏡を手で押し上げただけで、つまらなそうに指示を出した。

「余計なもんを見てしまったんだ。あまり口外しないように少し脅しておくといい」

「てわけや。ねえちゃん、誰かに言えないような目に遭《お》うてもらうで」

言うが早いか、茶髪の手が小袖の前を掴んで乱し始める。抵抗しようにもサングラスがガッチリと後ろから拘束していて思うように動けない。

「や、やめ……っ」

叫びかけた口はすぐに汚れた手で塞がれた。袴の扱いがわからないらしく、茶髪はやみくもに小袖ばかりを引っ張っている。きっちりと着込んだ着物は簡単には乱れないものだが、力任せに開かれれば少しずつでも緩む。その乱れた合わせから胸元を覗き込んだ茶髪が、「んん？」と怪訝そうな声を出して顔を上げた。美鈴を拘束しつつ口を塞いでいたサングラスも、背後から覗き込む。

「さっきの声といい、こいつ男か……？」

「そ、そうみたいやな」

それまで興味なさげに傍観していた銀縁が、急に身を乗り出して覗き込んできた。サングラスと含みのある視線を交わした茶髪が、銀縁に場所を譲って脇へと身を引く。「アニキも好きやからな」とニヤニヤ笑う顔には、自分と異なる性癖を持つ者への興味本位の態度が滲んでいた。

正面に立った銀縁は、眼鏡の奥の細い目をさらに細くして、もがいている美鈴をねっとりとした視線で舐めまわした。

「ずいぶん綺麗な顔をしているじゃないか」

感心したように言われて、背筋に悪寒が走る。

「青くなっている顔もなかなかいい。寒くてかわいそうだが、もうちょっとひんむいてみようかね。せっかくの巫女装束だ。上だけ少し肌を出すくらいでいい。あとはそうだな…。そのかわいいお口にいいものを咥《くわ》えさせてやろう……」

手下二人に美鈴の小袖を脱がせるように指示して、自分はおもむろにズボンのベルトをカチャカチャやり始める。その下のほうで布地が押し上げられているのを目にして、美鈴の顔は引き攣った。何を咥えさせられるのかを瞬時に悟ったのだ。

(や、やだ…。やだ、絶対やだ……っ)

「は、離せ…っ」

二人がかりで小袖を脱がされながら、必死に手足を振りまわした。暴力に慣れた様子の茶髪とサングラスは、顔に笑みさえ浮かべて余裕で美鈴を扱っている。だが、暴れる足がたまたま茶髪の脛《すね》を蹴ると、急に怒りをあらわにして長いかもじの髪を摑み上げてきた。かつらに過ぎないそれは外れただけで済んだが、代わりに頬を張られてその痛みに涙が零れる。

（う…っ。助けて、黒蓮…、白蘭……っ）

杜の空気がひときわ冷たくなった。突然、ゴウっと唸りを上げて風が吹きつける。木の葉に溜まっていた水滴がバラバラ散って、男たちが慌てて顔や頭に手をやった。

「う、うわあ、なんだ……っ」

ぎゅっと目を閉じた美鈴は、その場に放り出されて地面に突っ伏した。すぐに背中から誰かに抱きかかえられて、どうにか身体を起こす。

「先に行ったにしては、姿が見えないと思って探してみれば……」

「……白蘭」

手を伸ばしてぎゅっと首にしがみつくと、怒りの気配を一瞬和らげて、白蘭がその背を抱き返してくれた。

「なんだ、てめえ…っ」

だが、ずぶ濡れになった三人が一斉に吠《ほ》えかかると、冴え冴えとした美貌からは背筋を凍らせるほどの恐ろしい怒気が放たれる。すうっと細められた瞳が発する氷点下の眼差しは、たったそれだけで三人のチンピラを震え上がらせた。

じりじりと後退する男たちを、白蘭が一喝する。

「今すぐこの場から立ち去れ」

その冷たい声の命令に、三人は弾かれたように踵を返した。ものも言えないほど青ざめていても咄嗟に測量の道具をかき集めるところは、日頃から危ない目に遭っている者のしぶとさだろう。

きつくしがみついたまま離れない美鈴の背を、白蘭が宥めるように何度か叩く。やみくもに引っ張られて乱れた小袖からは薄い肩が剝《む》き出しになり、小さなかすり傷がいくつか見えていた。

「美鈴…、怪我がないか見るから、少し手を離して。冷えるから着物も整えないと…」

ぎゅっと腕に力を込めると、耳元に白蘭の苦笑が零れる。

「いつまでもそんなふうに抱きついていると、本当にさらって逃げちゃうよ」

大丈夫だからと、温《ぬく》もりのある手のひらが背を叩いて教える。銀色の光が恐怖の名残を包み込み、美鈴はようやく腕の力を緩めた。いい子だと言うように白蘭が一度額に口づける。乱れた小袖を着直すついでに、傷の様子を確かめてもらった。

「あちこち擦り剝いてるね…」

白蘭の長い指が、うなじから肩にかけての肌を辿る。触れられると肌は微かにざわめいた。恐怖が去ってしまうとそれは心地よい刺激となり、心と身体の強張りを甘い疼きが溶かしてゆく。

擦り傷のほかに泥に汚れたところでもあるのか、何度か軽く擦られる。従順に身を委ねていた美鈴は、左の肩の少し下、肩甲骨《けんこうこつ》の上あたりを強く擦られて、不思議になって振り返った。

「白蘭……?」

銀色の透明な瞳は大きく見開かれ、背中の一部に触れた指の先を凝視《ぎょうし》している。

「美鈴、これはいつから…?」

「え…、何…？」

何のことを聞かれているのか、わからなかった。白蘭が触れているのは、自分では見ることのできない場所なのだ。

「まさか、こんなことが……」

白蘭の声には、驚愕の色が滲んでいる。それを美鈴は珍しいことだと思った。先見の能力を持つ知恵の神様は、滅多に驚くということがない。時おり美鈴が示す意外な反応を、面白そうに驚いてみせることはあるけれど、今浮かべている驚きはそれとは比べることのできないほど大きなものだ。ほとんど呆然としていると言っていい表情で、白蘭はじっと、美鈴の肩の下あたりを見下ろしていた。

ふいにぎゅっと、背中から強く抱き締められる。

「美鈴…。僕が、今、どんな気持ちかわかる？」

回された腕に手をかけて、僅かに首を後ろに向けてみるけれど顔の表情までは確かめることができなかった。つむじに一つ、晒《さら》されたままの肩に一つキスを落とされて、ザワリと肌の下で血液が泡立つ。

くるりと身体を回されて見上げると、淡く輝くような微笑がそこにあった。ゆっくりと近付いてくる綺麗な笑みを見つめるうちに、それは視界に収まりきらない距離になり、柔らかな感触が唇に触れた。

「え…？」

すぐに離れていく白蘭の、薄く整った唇に視線が行く。その唇が頬や瞼に触れたことは何度かあったけれど、唇を合わせるキスはこれが初めてだった。

戸惑う美鈴の顎を軽く上げさせて、もう一度、今度はもっと甘いキスを白蘭は与えた。

不思議と抵抗はなかった。黒蓮に慣らされて免疫ができたせいなのか、白蘭に対する心の垣根がすでにほとんどないせいなのかはわからない。自然に受け止めたキスは、素直に気持ちがよかった。冷たい空気に晒された肌に手のひらを這わされても、ドキドキと胸が高鳴るばかりで、ただ気持ちがいい。二人の男に肌を許している…そんな罪悪感にさえ思いが至ることはなく、白蘭に触れられた美鈴は蜜のように甘く溶けた。

「美鈴…。まだ、夢みたいだ」

両手で小さな頬を包み込み、白蓮が囁く。ぼうっとした頭で、美鈴はそれを聞いていた。

「験を二つ持つ巫女がいるなんて……」

「二つ…？」

「そう、二つ。これは僕の験だ。黒蓮の文様にも負けないくらい、綺麗な蘭の痣……。美鈴は、僕の巫女でもあったんだよ」

痣が、二つ…。それが、何を意味するのか理解できないまま、美鈴は白蘭を見つめ返した。

くしゅんと、くしゃみが出て、小さく笑われる。

「ごめん。寒かったね」

小袖とコートで素早く美鈴を包み込み、白蘭は竹林を後にする。美鈴の手を引き、そのまままっすぐ母屋へと向かった。黒蓮に早く知らせなければならないからと、嬉しそうに笑いながら。

背中の痣を見せられた黒蓮の驚きは、白蘭のそれよりはるかに大きなものだった。絶句したまま微動だにせず、ゆうに三十秒はソファの上で固まっている。

「……痣が、二つだと？　そんなバカな話が…」

ようやく発せられた言葉にも、強い戸惑いが滲む。あまりの様子に、美鈴は思わず問いを零していた。

「痣が二つあるのは、そんなに変なことなの？」

痣の違いは何を意味するのかと聞いた時、どちらの痣であってもあまり違いはないと言われた。黒蓮と白蘭の助けが必要なことは変わらないし、二人のどちらを呼ぶこともできると…。ならば、痣が二つあっても特に困ることはないのではないか。

「痣は、本来は巫女の力を表すものだし、その意味ではどちらの痣であっても構わないんだ…。初めてのことだけど、たぶん二つあってもそれは変わらないんだと思う。浄化をしたり土地の氏神と通じたりして験の巫女として立つためだけなら…」

熱い紅茶を手渡しながら、白蘭が慎重に口を開く。身体が冷え切っていた美鈴はそれを両手で受け取り、耳を傾けた。

「ただ、痣には氏神への純潔を誓う意味もある。普通の巫女や最近のアルバイトの女の子たちにまでうるさいことは言わないけど…」

説明を続けながら、白蘭は黒蓮の様子を窺っている。身体が温まってきた美鈴は、ほっと息を吐いて先を待った。

「でも、験の巫女だけは別。何があっても、絶対の純潔が求められる。験の巫女として在る間は、決して誰かと関係することは許されないんだよ。一つには、巫女の身体に僕たちが力を与える時にほかの人間の気配が邪魔になるから。そして、もう一つは…」

「伴侶のためだ」

怒ったように黒蓮が鋭く言い放つ。

白蘭は言葉を止め、美鈴の眉には困惑の影が差した。

伴侶とは、いったいなんなのだろう。限りある命を生きる「人」と、永遠にも近い時を生きる「神様」との間に、それはどのような関係として成り立つというのだろうか。滅多にないことだと言うが、験の巫女の中の選ばれた者だけがなんらかの役割を担うということだろうか。

「…痣が伴侶の資質を表すということは、前にも話したよね。験は、普通一人の氏神が守る土地では、一つの痣として巫女に現れる。華和泉ほど多くはないけど、ほかの土地にも験の巫女は現れるんだよ。そして、伴侶はその中にいる。僕たちのような双子の氏神には、それぞれに伴侶が現れることになっているんだ」

黒蓮の巫女、白蘭の巫女ということを語られる時に、何度か資質という言葉を耳にしたのを思い出す。

「痣が伴侶にふさわしい資質を表すなら、僕たちのような場合には、相手を間違えないための意味もあるのかと思ってた…。巫女には絶対の純潔が求められるわけだし」

「…験と巫女の純潔に、どういう関係があるの？」

首を傾げた美鈴に、斜《はす》向かいの黒蓮が低く答える。

「巫女は、伴侶とだけ契《ちぎ》ることが許される」

カップを手にしたまま、美鈴は黒蓮に視線を向け、次いで隣に座る白蘭を見上げた。

「でも、巫女にはそういう役割はないって…」

何度か伴侶について考えた時に、それが夫婦のことを指すのなら…と思い、聞いてみたはずだ。人と神様なのだから本当に夫婦になるのは無理だとしても、身体の上でのことを意味するのではないかと。

「実体化することだって滅多にないんだから、そんなことはしないって言ってたじゃない」

そうなんだけど…、と困ったように笑う白蘭を睨み、黒蓮が答える。

「伴侶は別だ」

すぐには理解できない。絶対の純潔を求めると言いながら、痣の相手にだけは身体を許すということだろうか。そういった役割はないと言いながら、それではやはり身体を差し出すということではないか。

ほかの誰にも触れさせないようにして。

「…そんな決まりがあったとしても、験の巫女にほかに好きな人がいたらどうなるの？」

「験のある間は、巫女の仕事に専念してもらうしかない」

あっさりと答える白蘭の言葉に、どうしてか胃の中がむかむかする。

温かい身体に包まれる喜びや、そこから生まれる愛しさを諦め、思う相手に触れられない寂しさも切り捨てろと言うのだろうか。

「それで…。黒蓮か白蘭がその寂しさを埋めるってわけ？　伴侶とかなんとか言って…」

「バカを言うな。そう簡単に伴侶になどなれるものか」

(千年以上…ううん、それよりずっと長い時間、神様でいたんだから…)

数えきれないほどたくさんの験の巫女に、二人は触れてきたのだ。

ほかの人間に見せることさえ嫌だと言った黒蓮や、どこかへ連れて逃げたいと言った白蘭が、同じ熱を別の誰かにも向けてきたのだと思うと、やりきれないような悲しさが胸を塞ぐ。

「美鈴…」

真摯な眼差しを向け、白蘭が諭すように言う。

「何度も言うけど、僕たちがこの姿でいること自体、滅多にないんだよ？　それに、験の痣があっても必ず伴侶になるわけじゃない」

伴侶は一人と決まっているのだからと言われ、胸の裡に広がり始めた雨雲が小さくなってゆく。

黒蓮が、ゆっくりと問う。

「それで…、おまえはどうするつもりなんだ」

痣が二つあるとわかってから、二人の間には、触れれば切れそうな緊張の糸がピンと張りつめている。まっすぐに視線を向ける黒蓮に、白蘭は美鈴を見下ろしたまま静かに答えた。

「僕は、美鈴が欲しい…。この身体で、美鈴と結ばれたい」

きゅうっと心臓が絞り上げられた気がして、美鈴は俯いた。

じっと睨むように見据えたままの黒蓮に、白蘭は淡い色の睫毛を伏せて続ける。

「美鈴は…、浄化を怖いと思っている。何も恐れずに向かって行っているわけじゃないんだ。怖いのに、逃げたいのに、向かってゆく…。それが、どんなことかを考えると、僕は美鈴がいじらしくて放っておけない」

「白蘭……」

そっと手を握られて、美鈴は白蘭を見上げた。

「僕は、美鈴がかわいい。愛しい。ずっと腕の中に抱いて離したくない。美鈴に…」

睫毛が瞬くと、現れた二つの美しい瞳に銀色の光が浮かんでいた。

「この身体を与える」

黒蓮の気配が微かに揺らいだ。テーブルの上では紅茶が冷めかけていたが、誰も手を付けようとはしなかった。

二人はしばらく黙っていたが、やがて黒蓮が口を開く。

「こういう形になったのにも、何か意味があるのかもしれん」

「痣が二つあることを、受け入れるんだね？」

「受け入れるも何も、あるものは仕方ない。俺もおまえも身体を与えると決めたからには、あとは美鈴次第だ」

ふいに名前を出されて、美鈴は戸惑う。胸のむかむかはすでにどこかへ消えていた。

「どうしたいか言ってみろ」

「ど、どうしたいって…？」

「俺に抱かれるか、白蘭がいいか。それとも、両方の身体が欲しいか？　なんなら二人同時に愛《め》でてやってもいいんだぞ」

「な…っ！」

「あ。それ、いいかも」

（よ、よくない…っ！）

真っ赤になった美鈴は、勢いよくソファから立ち上がった。

真剣に聞いていれば、なんなのだ。黒蓮と白蘭にふざけている様子はなかったが、美鈴が動揺させられることに変わりはない。頭から湯気が出そうなくらい身体が熱かった。

四つの目が見上げてきたが、そのまま逃げるようにキッチンに向かう。どのみち、そろそろ食事の支度をする時間だった。

「返事はすぐでなくてもいいけど、僕たちは勝手に進めさせてもらうからね」

白蘭の声を背中に聞き、進めるって何をだと思うが振り返らない。両方の身体が欲しいかだなんて、なんてことを聞くんだとも思っていた。

そして、その身体はすぐに花に返るくせに…と思って、美鈴は立ち止まる。

人の姿でいることを厭《いと》う花の神様は、花に返った後も美鈴が呼ぶことを許すだろうか。会いたいと、ただそれだけの理由で呼んでも怒りはしないだろうか。

（ずっとそばにいてくれるなら、いいのに…）

温かい身体に包まれる喜びや、そこから生まれる愛しさを諦めきれないのは、美鈴自身だ。思う相手に触れられない寂しさを簡単に切り捨てられないのも、美鈴自身なのだ。

二人を花に返して一人になった時、きっと美鈴は悲しくなる。今でももう、できることなら返したくないと思っている。もし、これ以上二人を好きになったら…と思うと、美鈴は自分が壊れてしまうのではないかと思って、怖かった。

そして、ああ、そうかと理解した。

（ぼくは、黒蓮と白蘭が好きなんだ…）

二人を同時に好きだと思うことに、不思議と抵抗はなかった。二人の性別にも。二人が神様であることさえ、ただ好きだと思う気持ちを妨げることはなかった。

花が自然と咲くように、思いはただそこにある。

それでも……。

二人は、泉の花に返る。

日が落ちるのが早くなり、勝手口から見上げる空に月がかかっていた。その月を眺めながら、どうして二人は神様なのだろうと思う。

ただの男ならよかったのに、と。

綴りの続きを持って楓がやって来たのは、それからしばらく経った秋晴れの日のことだった。白蘭の計画通り、まずは滞っていた銀行への支払いを済ませ、今後の返済の目途《めど》も立ち、次に拝殿と儀式殿の修繕が始まったところである。

「参道の木もずいぶんさっぱりしたな」

近道をして境内を抜けてきた楓は、日々手入れが進む神社の様子に感心している。

駅ができるのはまだ先だったが、交通の便が悪い中、神社へ足を運ぶ人の数は確実に増えていた。美人巫女とイケメン神主のビジュアル路線に加えて、納戸にあった歴史的資料を紹介するなど正統派の魅力もアピールしたホームページは、日々そのアクセス数を伸ばしている。急ピッチで進められる修繕は、せっかく訪ねてくれる参拝客《さんぱい》への満足度アップが狙いなのだそうだ。

神社の敷地には駐車場が整備され、商店街の外れや空き家になった店舗の跡地にもコインパーキングが設置された。参拝を目的にやってきた人の足は、おのずと商店街にも向けられ、おかげでどこも商売は上向いてきているという。

町を歩いても、淀んだ空間を目にすることが少なくなった。結界を整えたことで気の流れがよくなり、清浄な空気が満ち始めているのだ。

白蘭が実際にしたことと言えば、ホームページを整え、祖父にパソコンの操作を教え、神社の空き地に駐車場を整備するなど、どれも人の手でできるちょっとしたことばかりだ。神様は魔法使いでもなければ、賽銭と引き換えに願いを叶える自動販売機でもないと言った通り、人が自分の手でまずはできることからする、という当たり前のことを実践してみせたのだった。

　そして、その結果、物事は少しずつよいほうへと進んでいる。そこにはやはり神様の加護が働いている気がした。

（いてくれるだけで、違うんだ…）

　祖父は商店街の代表に混じって新駅関係の会合に出かけ、白蘭も一人、ちょっとしたお祓いの仕事で出ていた。修繕中の建物でも見ているのか、黒蓮の姿も近くに見当たらない。美鈴は留守番がてら社務所で楓と話すことにした。

「なにか、わかったの？」

　簡素な事務机の一つに楓が落ち着くと、お茶を淹《い》れながら早速尋ねた。それに対する楓の返事はいつになく曖昧なものだった。

「ああ。わかったって言えばわかったんだけどな…」

　いったん言葉を切り、うーんと唸ってから逆に問いかけてくる。

「人の姿でいることは、やつらにとってどれだけリスクがあるんだ？」

「リスク…？」

　白蘭から聞いていているのは、移動が大変だとか、ものと一体化できないからいちいち触れないと力を使えないとか、そんなことだ。神様を迎える側の負担についても何か言っていたが、むしろ二人に助けられている今の美鈴に、それは当てはまらない。

「迎える側の負担か…。なあ、美鈴。これを書いた巫女さんて、かなり優秀だったと思わないか？　千年前って言ったら、あの源氏物語《げんじものがたり》が書かれたのとほぼ同じ頃だ。その時代に、これだけの文字を扱えたってこともだけど、高価な紙を個人的なことを記すためだけに使えたり、頻繁に白蘭を呼び出したりできたわけだから」

相当な経済力と権力を持っていたと想像できる。それだけ豊かに国を治めていたということだ。

「その優秀な巫女さんが、白蘭の前じゃただの女だったんだな」

事務机に置かれた綴りには楓の書いた対訳が添えられている。相変わらず他愛のない日常と、いつ白蘭が現れて、いつ花に返ったかなどが、細かく記されているようだ。さすがにここまでくれば嫌でもわかると、楓は巫女の恋心を指摘したのだった。

それを目にしながら美鈴は複雑な気持ちになっていた。嫉妬《しっと》とは少し違う。その感情の正体を確かめようとして、白蘭の冷たい瞳の色に行き着いた。そうして、人ではない相手に心を捧げ、進むことも戻ることもできない場所に身を置いてしまった巫女への、同情と憐憫《れんびん》が自分の中にあるのを知った。

二人を花に返しても、きっと美鈴もこの巫女のように何度も二人を呼んでしまうだろう。それが本来許されないことだとしても、きっと何度も、何度も…。

「リスクがどうかしたの？　二人が人の姿でいることについて、何か書かれてた？」

「ああ。どうもそれが、あいつらが千年眠った原因みたいだ」

「え……」

それは、以前から想像していたことではあったけれど、実際にそうだと言われると心がヒヤリと冷たくなった。どういうことかと視線を向けた美鈴に、楓は一番下にある綴りを示して見せた。

「この最後のところだ。この巫女は、白蘭にずっと人の姿でそばにいて欲しいと願った。だが、それこそが罪だったという意味のことが書かれている。自分が望んだことのために、白蘭は黒蓮とともに長く眠ることになると書かれてるんだ」

「人の姿でそばにいてもらうことが、罪…？」

「いずれにしても実体化させておくのがよくないんじゃないかと思う。千年眠るってのがどういう状態なのか、それは白蘭が決めてそうなるのか、それとも巫女の行動の何かがそうさせるのか、この記録だけじゃ何もわからないけどな」

言葉を返せない美鈴に、「とにかく」と楓は続ける。

「やつらがどうしてそこまで花に返りたがるのか、人の状態でいることにどんなリスクがあるのかはわからないが、早く返したほうがいいのは確かだ。後はそっとそのままにしておくんだ」

返したら、もう呼び出さないほうがいい。楓の言葉は頭には届いたが、心はそれを受け入れられずに、石のように重く沈黙する。

「白蘭は人の姿でいることをかなり嫌ってたみたいだしな。実体化とかいうあの状態には、何かしらやつらにとってまずいことがあるんだと思う。返さなければ国を雪に閉ざすと巫女を脅して、最後は花に返っているくらいだ」

現代の文とは書き方が違うので、全体の流れを追って出来事を把握するしかないのだが、楓が示した部分には確かに、そのようなことが記されていた。

『雪を降らせると言うので、月の朝《あした》に鈴を使った』という訳が目に入った。

「…鈴を使った？」

「ああ。おそらくこれが、白蘭の言ってた答えだ。文脈から考えて、これは白蘭を花に返したというのと同じ意味だと思う。祠にあるっていう鈴は、やっぱり神様を呼んだり返したりするためのものだったんだな」

「でも…、前に行ってみた時には何も起きなかったよ？」

楓は別の用紙をよく見える場所に出した。何かをまとめたメモのようだ。

「これは、わかる範囲で白蘭が人でいたとされる時期を拾ったものだ。何か気付かないか？」

旧暦の日付であり、干支《えと》や月齢《げつれい》などで表記されているところもあって、実際の日時などがすぐにわかるものではない。だが、楓の言いたいことははっきりしていた。

「月齢で記されているところは、全部、上弦《じょうげん》か下弦《かげん》…？　半月の日にしか、二人を呼んだり返したりできないみたいに見える」

「ああ。ほかの日付を調べてもいいが、おそらくどちらかの月齢になるんじゃないかと思う。その日は下弦だから、明け方月は南中してたんだ。月の朝ってのは、半月がかかる下弦の明け方のことで間違いないと思う。前に美鈴が祠に行って、何も起きなかったのは、たぶんもっと前か後の月齢だったからだろう」

ふと、初めて二人に会った日の、明け方の空を思い出した。あの日も、天頂には白い半月が浮かんでいたのだ。

「半月の日にだけ…」

そう考えると、さまざまなものが一つの意味を示しているように思えてくる。黒蓮と白蘭という双子の氏神様は、月の影と光を表しているかのようだし、祠のある泉が半月状の形をしていることも、おそらく関係なくはないのだ。それがどんな理《ことわり》で成り立っているのかまではわからないが、大切な何かを忘れないための鍵のような役割をしている気がした。

「華和泉は変わったよ…」

呟くような楓の言葉に視線を上げる。

「あいつらが現れてから、いろんなことが確実にいいほうに向かってる。初めは胡散《うさん》くさい気もしてたけど、今は信じていいと思ってる。やってることは意外と人間ぽいけど、あれはやっぱり神様だ。やつらがいるのといないのとじゃ、全然様子が違うんだよ。二度と千年も眠って欲しくない」

楓の言う通りだ。どこか麻痺した心のままで美鈴は頷いていた。

壁に貼られた暦《こよみ》を見て、楓は「ちょうど昨日が上弦だったんだな」と独り言のように言った。次の下弦は十五日後、いつもより少し長い日数は、僅かに美鈴を慰めようとしているかのようだ。

それでも、やがてその日は来る。

黙り込む美鈴に、楓が話題を変えて話しかける。

「それはそうと、商店街に最近妙なやつらが来てるんだよな」

「…妙なやつら？」

「空き店舗の持ち主に会いに行くと、たいてい出くわすらしいんだけどさ…」

コインパーキングか貸店舗にできないかと商工会の代表が打診しに行くと、そこには必ずと言っていいほど、土地を買い取りたいと言って粘《ねば》る不動産屋がいるのだと言う。その特徴ある人相を聞いて、美鈴は顔をしかめた。

「それ、白蘭が調べた地上げ屋の三人組だよ。淀沼でひどいことしてた人たち」

「やっぱりそうか。土地を売れだのビルから立ち退《の》けだのって、やたらとしつこく話を持ちかけてくるらしい。せっかく商店街がうまくまとまりかけてるってのに、やりにくくて敵《かな》わないんだよ」

それぞれの家のそれぞれの財産を、どのように処分するかは確かに自由なのだが、小さな商店街はお互いの存在があって成り立っている。あまりあちこちの店が空いたままでは、寂れた様子は拭《ぬぐ》えないものだ。町全体の話し合いで、方向性を一つにし、それに合わせて協力し合おうと決めたばかりなのに、どうにも調子が崩れるのだと言う。

「まあ、このところみんなも元気があるから平気だろうけどな」

けれど、それからしばらくの間、華和泉はちょっとした戦争状態にあった。

初めのうちこそ穏便に粘るだけだった三人組が、やがて業《ごう》を煮やしたと見えて、淀沼同様の執拗《しつよう》な嫌がらせを始めたのだ。まだモール誘致への意欲が残る一部の有力者の支持を得たらしく、まとまった土地の確保に必要以上の情熱を燃やした。

店の前で居座られたり、せっかく掃き清めた道路を汚されたりはしょっちゅうで、そのたびに町の人たちは怒って追い払ったり、嫌な顔をしつつも掃除をやり直したりと、ずいぶん不愉快な思いに耐えた。

淀沼での一件や美鈴に対する扱いなどから、相手は多少の警察沙汰など気にしないように思われた。そういう相手に対しては、暴力が一番怖い。町の人たちが怪我をしないか心配で、二人を花に返すことを考えたくない美鈴は、それを逃げ場にして数日を過ごした。

気の流れがよくなり、美鈴なりにずいぶん浄化したはずの町に、どうしてまだ三人組のような者が現れるのかと、ある時美鈴は白蘭に聞いた。

「だからね、人の持ち込む災いが一番大きいんだよ」

怪訝そうに見上げる美鈴に、白蘭はずいぶんと気楽に説明を続ける。

「人の世を導くのは人だけってこと。僕たち氏神はただの自然神に過ぎないし、気の流れだって単なる環境みたいなものなんだ。たとえ力を使って災いをもたらす者全てを排除しても、そこに解決は存在しないんだよ。だって、人は必ず新たな災いを持って現れるんだからね」

「じゃあ、我慢するしかないってこと？」

「それも大事かな。そこに生きる民一人一人が健康で心も健《すこ》やかなら、それができる」

「でも…」

我慢するだけなんて、と不満げな美鈴に白蘭は微笑む。

「美鈴の浄化には黒蓮の影響が出ているから、たぶん負けることはないし、戦うことで得るものも多いはずだよ。美鈴が大切に思う人たちは、きっとちゃんとやれる。だから何も心配いらない」

やがて、白蘭の言葉の通り、町の人々が誰も嫌がらせに屈することがないまま、事態は収束していった。迷惑だ、困ったと口にしながら、一人一人がしっかりと自分の意思を持って対処したためだ。流されるということがなく、正しい判断を慎重に選び取り辛抱強く町と生活とを守り抜いたのだった。

そして、あちこちで不愉快な出来事を愚痴にして吐き出しながら、そこには徐々に絆《きずな》のようなものが生まれていった。歯抜けのように閑散としていた商店街に新しく参入した貸店舗の店子《たなこ》たちも、古い住人の中に自然と馴染んでゆく。起きた出来事は決して歓迎できることではなかったのに、白蘭の言うように、結果的には商店街にとってむしろプラスに働いたのだった。

地上げ屋が諦めて去り、モールの誘致を模索していた人々もいつの間にかそれにこだわらなくなってゆくのを、美鈴は不思議な思いで見ていた。

二人が今も眠りについていたら、とてもこんなふうにうまくはいかなかっただろう。二人の眠りがあと少し長かったら、美鈴は今生きていられたかどうかもわからない。

美鈴自身も、神社も町も、二人がそこにいるというだけで、守られている。目に見えるものでは測れないほど大きな力で、守られているのだ。


「元気がないね」

午後から結婚式が一つあり、儀式殿の控室で巫女装束に着替えていると、すでに着物を身に着けた白蘭が顔を見せた。

「このところ町の中の淀みも減ったし、そんなに浄化もしてないって黒蓮は言ってたけど」

「うん。身体は楽だよ？」

それでも元気がない、と言って白蘭は美鈴を背中から抱き寄せた。そうしながら、つむじに一つため息を零す。

「美鈴の心は不思議に強くて、時々何も見せてくれないね。それに、あまり僕を必要としないくらい健やかだ。少し残念なくらいにね…」

「そんなことない…」

今の美鈴は、きっと心が麻痺しているだけだ。白蘭が必要でないなんてことがあるはずなかった。美鈴の心を守ってくれただけでなく、もしも白蘭がいてくれなかったら、神社はとっくに差し押さえられて、あの三人組にでも競《せ》り落とされていたかもしれないのだから。

二人がいなかったらと思うたび、楓の言葉が胸を突く。

『二度と千年も眠って欲しくない』

美鈴も同じ思いだ。けれど、そのためには二人を花に返さなければならない。このまま人の姿に留めていてはいけないのだ。

なぜだか、この頃はあまり言わなくなったが、二人が少しでも早く花に返りたがっていたのを美鈴も忘れたわけではなかった。ただ不便だというだけではない理由が、きっとあるはずだった。

背中から抱いたままの姿勢で、まだ半分緩んだ着物の衿に白蘭が手を滑り込ませる。慌ててその手を押さえたが、すぐに探り当てられた薄紅の花芽を擦られて、ぎゅっと背が丸まった。

ひとしきり肌を探られ、甘い吐息が零れる。「ん…」と鼻にかかった声が漏れると、白蘭が満足げに微笑むのがわかった。

黒蓮に教えられた場所も、白蘭の指に触れられるとまた別の快感を拾って、美鈴の肌は朱に染まる。けれどこうして触れられながら、もうあと少ししたらこの手も背中の温かい身体も幻のような姿に変わってしまうのだと思うと、悲しくなった。

身体を反転させられて、銀糸の織り込まれた着物の胸に抱き締められる。絹地の向こうから伝わる白蘭の鼓動に耳を当て、涙が零れる前に睫毛を伏せた。今は確かにここにある、この規則正しいリズムもやがて届かないものになるのだろう…。

「泣いてるの？」

困ったように聞かれて、小さく首を振る。

これは、白蘭に預けてしまえる痛みではない。美鈴一人で折り合いをつけ、答えを出さなければならないものだ。だから、どうか気にしないでと心の中で祈った。

白蘭と並んでいったん渡り廊下を戻ると、境内には竹箒を手にした黒蓮の姿があった。

「アキラとかいう男が、だんごを置いていったぞ」

銀杏の下を拝殿に向かって歩きながら、黒蓮が長い指先で縁側を指す。パックに入ったみたらしが、そこにぽつんと置かれていた。

式が始まるまでにはまだ十分な時間があり、拝殿の縁側に美鈴を間に、三人並んで腰を下ろした。

風のない境内に、金色の葉がひらりと舞い落ちる。

「あの木は、千年前にもあそこにあったな…」

だんごを手に、黒蓮が呟いた。

美鈴は黄金の大樹を見上げ、続いて白蘭の横顔をそっと覗き見た。透明な視線はまっすぐに銀杏の木に注がれ、そこに映る遠い昔を見つめているかのようだ。

その視線がふいに揺れて、美鈴に向けられる。

「…美鈴には、千年前のこと話しておこうか」

「千年前…？」

「うん。験の巫女が国を治め、その巫女とともに僕たちが在った時代のこと…。それから、どうして僕たちが千年眠ることになったのかも…」

ずっと、自分からは聞けないことだと思っていた。それでも、いつか話してくれる日があれば聞きたいとも思っていた。けれど今は、聞くのが少し怖い。

黙っていると、宥めるように一度美鈴の髪を撫でて、白蘭は静かに話し始めた。

「ずっとずっと昔のことだよ…」

験の巫女が国を治めていた時代…。巫女は一方では統治者であり、一方では人身御供《ひとみごくう》のようなものだった。そう始められた白蘭の話は、かつての験の巫女の在り方を美鈴に教える。

自分の身を削り、死の恐ろしさと戦いながら土地を浄化する。巫女は、自分を民の犠牲と考え、そのことに焦りと怒りを感じていたと言う。それでいて、民にかしずかれると、多くの巫女は自分の哀れな境遇から目を背《そむ》けるように権力に溺れていった。

我儘《わがまま》でプライドが高く、気も強い。すべてを思い通りにすることで、自分の力を誇示し続ける。そんな巫女がほとんどだったのだそうだ。

「だから、僕たちは巫女にあまり好感を持てなかったんだよ」

苦く笑う白蘭に、黒蓮も短い同意を示す。

「…そんなわけで、かつて力を合わせて国を治めていた時代、僕たちと験の巫女とはビジネスライクな関係を維持していた。必要最低限の力の供給と求められた際の助言、それが僕らの役割だった。それ以外で、験の巫女に関わることはほとんどなかったんだ」

巫女の権勢を示す目的で、時おり実体化をすることはあったにしても…。

「いくつかの助言を除けば、僕の役割のほとんどは、験の巫女の心の闇を取り去ることだった。そうすれば、たとえ尊大であっても、巫女たちはおおむね人格者としての威厳が保てるくらいには、安定した精神状態でいられたからね」

僅かに間を置いて、白蘭はため息のように「……最後の一人を別にして」と続けた。冷たい銀色の眼差しに、美鈴の心は小さく震える。

「あの日記を残した験の巫女は、絶大な神通力とたぐいまれな頭脳を持っていた。大きな災いの兆《きざ》しがあっても全て浄化したし、相当な知識も持っていたよ。だけど、それと不釣り合いなほど心は弱かった。どんなに力を与えても情緒は不安定で、ことあるごとに僕を呼んだんだ」

日記を読んでいた美鈴は、それが事実であることを知っていた。

「巫女に呼び出されれば、僕らは人の姿になって巫女の後ろ盾として立つ。たとえ、それを僕たち自身は望んでいなくてもね。前にも話したけど、僕たちは実体化について何も知らない。自分たちがどのようにして人の姿になり、どのようにして戻るのかを全く知らないんだ。それを知り、実際に僕らを呼べるのは験を持つ巫女だけだからね」

黒蓮と白蘭は、氏神として在る華和泉の土地の中でなら、望めばたいていのことを自分たちの思うようにできるのだと言う。それでも、いくつか自由にならないこともあると言い、その一つが実体化に関わることだと言った。

「そして、もう一つは験の巫女を欺《あざむ》くこと」

見上げる視線の先で、白蘭の銀色の目は遠いところに向けられている。

「験の巫女と交わした約束は、決して違えることはできない。たとえ千年経っても、それは禁忌《きんき》だ」

白蘭の声が、遠くなる気がした。これから聞かされることは、きっと美鈴にとって知りたくないことだ。

「あの巫女は、僕に、人の姿のままずっとそばにいて欲しいと言った」

それは、美鈴の願いでもある。

「だが、そんなことはできない」

「できないって…、どうして？」

聞いてしまえば、もう心を迷わせることさえできなくなる。それでも、美鈴には聞く必要があった。

二人にどんなリスクがあるのかを、知らないままでは済まされないのだ。

「この姿はね、本当にほとんど人と同じなんだ…」

それは以前にも聞いていた。けれど、続けられた言葉に美鈴は息をのむ。

「人の姿でいる間、僕たちも年を取るんだよ。ひと月この姿でいれば、ひと月分の年を取る」

（身体が年を取る…？）

「真っ白な髭《ひげ》をはやしたおじいさんの神様たちはね、それだけ多くの時間を人の姿で過ごしたってこと。そして、この身体は生涯に一つしかない。幻影の姿は若くもできるけど、実体化して年を取った身体が若返ることは、二度とないんだよ」

白蘭の頬に苦い笑いが浮かぶ。

「意味もなく呼び出されたり、ただ一緒にいて欲しいという理由で付き合わされているうちに、あっという間におじいさんになっちゃうんだ。…そんなのはごめんだ」

身体は一つ…。神様の寿命は永遠でも、身体には人と同じ使用年限がある。

（だから……）

一人の巫女の生涯に実体化した身体でいちいち付き合ってはいられないのだ。二人は何百年、何千年と神様でいなければならないのだから。

「あの巫女はそれを知っていた。それでもなお、人の姿にして僕を呼び続け、やがて花に返すことを拒むようになったんだ。実体化に関わることは巫女が司る。そして、その巫女を欺くことができない以上、洗脳も意識の操作もできない。だから僕は、あの巫女の意思を変えさせるために説得し、頼み、命令をした…。それでも聞き入れられなくなった時、諍いの果てに、民を雪に閉ざすと脅してようやく力を使わせたんだ…」

それは日記の内容と一致した。

「その時僕は、二度と呼び出すなとあの巫女に告げた。そして、たとえ幻影でも、自分を呼べば永遠にこの地に雪を降らせると誓ったんだ」

巫女に誓えば、それを違えることはできない。白蘭は自分で自分の役割を封じることで、巫女を切り捨てたのだった。

冷たい、氷のような瞳で…。

けれど、そんなことをしたら巫女の心は壊れてしまうのではないか。そうでなくても、弱い人だったと言うのだから。

「…巫女さんは、それでどうしたの？」

日記の中で、自分が白蘭を望んだことこそが罪だったと巫女は認めている。その上で、二人が長い眠りにつくだろうと書いていた。それが日記の最後だ。

何も答えない白蘭の代わりに、黒蓮が口を開いた。

「さすがに、永遠に雪を降らされるとなると恐ろしかったんだろうな。白蘭を呼ぶことはなくなった」

銀色の睫毛を伏せたまま白蘭が呟く。

「あの巫女の心を、受け入れればよかったのか…？」

「それも難しいだろう。これればかりは、どうすることもできない」

麻痺した心で、美鈴はたった今聞いた内容を反芻《はんすう》していた。

白蘭が現れなくなった理由が巫女との誓いにあるのなら、千年という時間は何によって決められるのだろう。それに、黒蓮も同時にというのはどういうことだろう。二人が人の姿でいられない理由は理解できたものの、多くの疑問が胸の裡に渦巻いていた。黙り込む美鈴の耳に、白蘭の声が届く。

「だけど、美鈴にはかわいそうなことをした…」

　急に自分の名を出されて、白蘭を見上げる。

「お祭りに行けなかっただろう？　それに…」

　早くに両親を亡くし、泉で一人泣いていた。幼い日の美鈴を思い、白蘭は今頃になって心が痛むのだと言う。

「僕は、後悔なんてしたことなかった。先見の力があるのだから、当然だろう？　だけど…」

　美鈴を悲しませずに済んだのなら、あの巫女の心を受け入れてもよかったのかとさえ思う。そんな白蘭の言葉に、黒蓮がひと言「バカか？」と吐き捨てた。

「人を恋《こ》うると、いろいろ新しい経験をするね」

　長い年月の中で初めて「バカ」と言われた知恵の神様が、苦笑しながら美鈴を軽く抱き寄せる。

　神様のいない千年…。町が淀み、美鈴のような子どもが母のいない寂しさを胸にかかえる。その千年を再び繰り返すような罪を、犯してはいけない。

　あの巫女が書いたように神様を思うことが罪だというのなら、美鈴がその心一つ捨てればそれは避けられるのだ。

　心を一つ、諦めれば……。

　そのたった一つの心を、悲しみが覆い尽くしてゆく。神様を恋うること、人としてそばにいて欲しいと望むこと、大切な、神様の一つだけの身体を、その限られた時間を自分のために望むこと、そのどれがどのように罪になるのかを理解できないまま、ただ美鈴にわかることは、二人を花に返さなければいけないということだった。

（いなくなるわけじゃない…。いつでも、あの透き通る姿でそばにいてくれる）

それ以上のことを望まなければいいのだ。花や鳥のように、何も求めなければ…。

そう思うのに、どれだけ自分は欲深く醜《みにく》いのかと苦しくなる。二人を恋い慕《した》う心だけは、たとえ世界を失っても手放したくはなかった。触れることのできる肌の温もりと、耳を当てれば聞こえる鼓動を、失いたくなかった。

幻のような透き通る姿ではなく、手を伸ばせば触れられる黒蓮と白蘭を、美鈴は望んだ。

それでも……。

下弦の月まではあと僅か…。それまでに、この心に別れを告げなければいけない。


社務所を覗くと、祖父が一人で帳簿をつけていた。以前なら、それはごく普通の日常だったはずなのに、今はそこに白蘭がいないことが気になる。

「おじいちゃん、一人？」

「そうじゃよ。白《しろ》さんは泉に用事があるとかで、さっき黒《くろ》さんと出ていったとこじゃ。じきに戻るじゃろ」

いつの間にか、「黒蓮さま」が「黒さん」に「白蘭さま」は「白さん」になっている。

茶を淹れてくれんか、と言う祖父に応えて簡易キッチンに立ちながら、社務所の中がずいぶん片付いていることに気付いた。壁際から段ボールの山が消え、ずっと手付かずだった昔の帳簿やご依頼の記録などが、年度ごとにまとめられて真新しいキャビネットに並んでいる。

色の綺麗な緑茶を祖父の机に置きながら、傍らの空いた机を見る。広く取られた作業スペースの真ん中に白蘭の書が載っていた。祖父の文字も立派なものだが、白蘭の書く文字は端正でありながら華やかで、そしてどこかやはり神がかり的な美しさがあった。「和」の一文字や「ともに仲良く、美しく」などと書かれた色紙が、ちょっとした贈り物として喜ばれているらしい。机の上の書もそういった目的で書かれたもののようだった。

「やっぱり神様の字って綺麗だねぇ」

「うむ…。みんながみんなというわけでもなさそうじゃがな」

そう言って祖父が机の抽斗《ひきだし》から取り出した色紙を見て、美鈴はあやうくお茶を噴《ふ》きそうになった。

「これ…」

「黒さんの字じゃよ。工作なんかは得意じゃし、どんな作業でもずいぶん器用にこなしなさるから書いてもらったんじゃが…、どうも習字は苦手なようじゃな」

かなり豪快というか、思い切った感じの文字だ。じっと見つめて、これは確かに黒蓮の字だなと思う。一般家庭のリビングに飾るには、やや前衛的過ぎるかもしれない。

「おじいちゃん、これもらってもいい？」

「構わんがの。どうするんじゃ、こんな…あ、いや。だいぶ個性的な書じゃが…」

「うん…。記念にする」

いったん美鈴の目を見つめ、それから祖父は、何も言わずに黒蓮の書を薄茶の紙に包んで渡してくれた。

「白さんのおかげで、このところずいぶん楽をさせてもらったの。黒さんには、普請やら境内の掃除やらで世話になったし…」

祖父の言葉の語尾が過去形になっていることに気付いて、美鈴はただ黙って頷いた。

経済的な危機を脱したことや、建物の修繕が進んでいることだけでなく、祖父と美鈴の二人だけではとても手の回らなかった細々《こまごま》した問題も、二人のおかげで少しずつ解決の目途が立ち始めている。人手不足を理由に長い年月の間後回しにされてきた仕事の山が一つずつ整理され、神社全体がゆとりと秩序の中で回り始めていた。

だがそれも、黒蓮と白蘭がいてくれてこそできていることだ。あまり今の状況に慣れ過ぎてはいけないのかもしれない。

「美鈴、ちょっと留守番頼んでも構わんかの？」

町の人たちとの新駅に絡んだ会合が今日もあると言う。「作戦会議じゃ」などと祖父は言っているが、最後は宴会だと楓に聞いている。酒屋の息子でもある楓は、集会所に配達に行くと二回に一回は捕まって付き合わされるのだと零していた。「みんな楽しそうだからいいんだけどさ」とは、楓の弁である。

「うん、いいよ。楽しんできてね」

「サンキューじゃ、美鈴。すぐに白さんが戻るでの」

「うん」

祖父が出かけて間もなく白蘭は戻ってきた。その姿を目にした美鈴の胸は、硝子の棘《とげ》が刺さったようにキリリと痛む。白蘭は初めて会った日と同じ白い着物を身に着けていたのだ。まるで、花に返る準備をしているかのように。

「…着物、珍しいね」

「ああ、うん。ちょっとね」

ニコニコと上機嫌に笑う白蘭は、いつにもまして美しく見えた。内側から光り輝くような美貌に見とれていると、ふいに腕を引かれ胸に抱き取られる。

「愛しているよ、美鈴。早く身も心も一つになりたい」

囁かれた言葉に耳元まで赤くなると、その左の耳にキスをされ、次には顎を上げさせられていた。けれど、口づけはすぐには与えられず、代わりに心配そうな声が問いかける。

「どうしたの？　なんだか悲しそうな目をしてるね」

なんでもないと首を振って、小さく微笑む。まだ気遣うような目をしたまま微笑みを返した白蘭が、触れるだけのキスを一つ、それから啄《ついば》むようなキスを一つ、最後に深くて甘い長いキスを美鈴の唇に与える。その全部を従順に受け入れた後、服の中に滑り込んできた手のひらを、美鈴はそっと拒んで身を引いた。

もう一度、耳にキスをしただけで白蘭は美鈴を解放する。

「レポートがあるんだってね。黒蓮が言ってた。あの人、まだ大学について行ってるの？」

「時々だよ」

浄化の頻度が下がってからは、美鈴一人で出かけることのほうが多い。それでも黒蓮は、何かの拍子について来ては、周囲に不穏な動きがないか確認する。半分は本人も認める狭量さから、残りの半分は、純粋に美鈴の身の安全への配慮からだ。人によってはその束縛を窮屈に思うかもしれないけれど、美鈴はあまり気にしなかった。

白蘭が、知恵の神様らしく「勉強をしておいで」と言って美鈴を社務所から送り出す。日はすでに傾き、外の世界を金色に染めていた。

西の空を、小さな鳥が連なって飛んでゆく。手水鉢《ちょうずばち》に流れる水を止めると、急にあたりはしんとなった。黒蓮が掃き清めた境内に薄い闇が降り始め、社務所に灯った灯りがふわりとそこに零れる。

美鈴はそのまましばらく、ぽつんとその場に立っていた。二人が現れる前、自分はここで何をしていたのだろう。日々の忙しさに追われ、明日の心配に胸を痛めていたが、不思議と自分を不幸だとは思わなかった。悲しくもなかった。ただ、なんとかして今日を明日へつなげようと、焦りの中で気を張って生きていた気がする。

日々の忙しさは追われるものから実のあるものへと変わり、明日への心配も消え失せた今、二人がいなくなった後で、美鈴は何を思うのだろう。

　ぽつりぽつりと、母屋へ続く小道の庭園灯や拝殿前の燈籠《とうろう》に灯りが灯ってゆく。それぞれ母屋と社務所から、黒蓮と白蘭が灯してくれた灯りだ。暗い足元を当たり前のように照らしてくれるこの灯りを、二人に会うまで美鈴は知らなかった。暗くなって祖父のために灯りを灯すのは美鈴の役目で、その美鈴のために灯りを灯す誰かはずっといなかったからだ。

　光の落ちる石畳《いしだたみ》を見つめ、この光ももうすぐ失うのだなと寂しく思った。

「帰って、晩ごはんの支度しなきゃ」

　レポートや勉強があるならやってしまえと、白蘭は送り出してくれたのに、すっかり時間を使ってしまった。

　母屋へ向かって歩いてゆくと、玄関にも明るい光が輝いている。その光を背にして、長身のシルエットが浮かび上がった。

「社務所から、こっちへ向かったと連絡があったのに、なかなか帰って来ないから心配したぞ」

「ごめん。ちょっと境内で考え事してた。お腹空いたよね？　すぐごはんにするね」

「ああ。晩飯ならできてるぞ」

「え、おじいちゃんいるの？」

「いや……」

　いないのなら、作ってから出かけたということだろうか。子どもの頃ならともかく、美鈴が料理を覚えてからは、朝は祖父、夕飯は美鈴とほぼ役割分担ができている。出かける前の忙しい最中《さなか》に、いったいどういった風の吹き回しだろう。

首を傾げる美鈴の頭上から、意外なひと言が落ちる。

「俺が作った」

「え…？」

顔を上げたものの、言葉が見つからない。

「カレーだ」

（カレー…）

「前に美鈴が作ったのが美味《うま》かったからな。作ってみた」

（カレー、黒蓮が、カレー…？）

作ってみた、と言われてもどう答えたものか。言葉が出ないまま固まっていると、遅れてやってきた白蘭が「点数稼ぎだな」と鼻を鳴らした。

「なんとでも言え」

どこか不敵にニヤリと笑った黒蓮は、さらに美鈴の予想だにしなかったことを言う。

「風呂もできてるぞ。廊下とリビングの床にはワックスとやらもかけておいた」

「え…っ？」

ワックスなんて、月に一度はかけたいと思っていながら、ここ二ヶ月以上忙しくてできずにいた大仕事だ。それをやってくれたというのか。

「なんだ。おまえ、気にしてたんじゃないのか？　喜ぶと思ってかけたんだが…」

「う、嬉しい…」

（でも、なんで？）

心に浮かんだ言葉はのみ込んだ。ようやく発した美鈴のひと言に、黒蓮の顔に滅多に見ない美しい笑みが浮かんだからだ。

「…あんた、ずいぶん変わったな」という白蘭の呟きに黒蓮は「今の世の中、家事のできる男は人気があると聞くからな」といつものように口の端で笑う。「仕事のできる男の次にね」「いや。同列だろう」などと軽く言い合う二人はどこか楽しげだった。

その理由もわからないまま「ありがとう」と言えば、ふいに涙が零れる。

「どうした、美鈴？　ん？」

「泣くほど感激したんだよね。あのこわーい黒蓮が急に親切になったから」

長い腕で抱き寄せながら、「急にではないぞ」とうそぶく黒蓮は、ずっと大切に扱ってきたのだと知らせるように、そのまま大きな身体で包み込むように美鈴を抱き締める。そうしながら、低く甘い声で囁いた。

「早く俺のものになれ」

「美鈴は僕のだよ」

白蘭に叩かれても、黒蓮は気にも留めない。だが、美鈴の反応がはかばかしくないのを見ると、すっと眉をひそめた。

「おまえ、少し疲れてるだろう。浄化で失う力とは別のところで元気がないぞ」

小さく首を振るだけの美鈴を、白蘭も困ったように見つめる。

「心配事があるなら、みんな僕に預けてしまっていいんだよ？」

銀色に透き通る瞳で告げられて、美鈴はもう一度首を振って「大丈夫」と答えていた。

背中を軽く叩いて黒蓮が身体を離す。

「まあ、いい。だが、そろそろ本格的に攻めたいところだからな。体力はつけておけよ」

「楽しみだね」

カラカラと滑りのよくなった玄関の引き戸を引いて、白蘭が家に入る。

「あ。けっこういい匂い」

「じいさんは今日も宴会だろう。少し早いが、飯にするか」

美鈴、と呼ばれて、顔を上げる。灯りの下に立つ二人の姿が、濃くなった夕闇の中でそこだけ明るく、くっきりと浮かび上がっていた。


夜が明ける前に目が覚め、目が覚めたのではなく、眠れなかったのかもしれないとぼんやり思う。

白み始めた薄墨の空で、下弦の月が冴え冴えとした光を放つ。十一月も終わりに近い明け方の気温は肌を刺すようで、美鈴はコートに身を包んで外に出た。

ザワリと杜が揺れていた。

白い息の先で、さざ波のような葉擦れの音が遠く近く、美鈴の様子を窺うように囁き合っている。

白蘭に「ムダなこと」と言われた日から、泉の祠にお供えはしてこなかった。けれど、美鈴の手には今、朱塗りの盆が捧げ持たれている。塩と酒、米、榊を載せ、水は最も清らかな泉のものを供えるために器だけが用意されていた。

鈴は神様につながる尊い神器《しんき》だ。その鈴に対面するのだから、お供えを捧げて清めたほうがいいと美鈴は思ったのだ。

泉には花が、咲いていた。

秋も半《なか》ばを過ぎやがて初冬と言ってもいい頃だったが、季節などまるで頓着《とんちゃく》せず、漆黒の蓮は高く伸び上がり、純白の蘭はそれに応えて優雅に頭《こうべ》を垂れていた。

花のある今、この場所に足を踏み入れることができるのは、おそらく美鈴だけなのだろう。

用意してきたものをすべて供え、泉の水を満たした器をそこに加える。そうして、すっと姿勢を正し二拝すると、柏手を二つ打った。

静まり返った杜に、一陣の暖かい風が吹き抜ける。

リンという微かな音に目を開けると、開かれた祠の前で二つの鈴が柔らかな光を放っていた。

手に取ると、鈴はほのかに温かい。それを固く握り締め両手で胸に抱いた。崩れるように身体を折って地面に膝をつくと、視界を覆っていた涙が落ちて、柔らかい苔《こけ》の上に透明な丸い玉がいくつも転がってゆく。

鈴は、美鈴を試すかのようにまるで音を立てない。

顔を上げて、泉を埋め尽くす黒と白の花を振り返る。その花のまとう光の中から、あの日愛しい二人の男は現れた。そして、今度はそこに返ってゆくのだ…。

二人は、花の神様だから…。

ただの男であったならと、何度繰り返したかわからない思いが胸の裡にこだまし、その場でひとしきり涙に暮れた。

一度母屋に戻って、二人の部屋の前に手紙を置いた。とうとうこの日まで、美鈴は二人に口に出して伝えることができなかったのだ。どんな顔をして、どんな声で言えばいいのか、どうしてもわからなかったから…。

月が沈むのは正午。それまでに、二人を花に返さなくてはならない。

鈴を手に握ったまま、祠の前で膝をかかえて待っていた。二人に会ってからのことを、ぽつりぽつりと思い出し、時々可笑しくなって一人で笑った。

やがて、泉の花が静かに揺れて、黒と白の着物を着た二人の神様がゆっくりと祠の前に近付く。

「美鈴…」

立ち上がると、そのまま黒蓮の広い胸に抱き込まれた。

「本当に、俺たちを花に返す気か？」

「だって…。そうするようにって、言ったよ…？」

だからこそ、楓に綴りを読んでもらい、返す方法を見つけたのだ。

白蘭が頬に触れ、美鈴の顔だけを振り向かせる。

「美鈴は、それでいいの？」

それでいいの？　と聞かれても、答えは準備できていない。嫌だと言って許されるなら、何万回でも嫌だと叫ぶだろう。けれど、それが許されないから、美鈴は今、こうしてここにいるのだ。

「嫌だって、そうするしかないんでしょう？　花に返っても会うことくらいはできるけど、また千年眠っちゃったら、それもできない」

　声が震える。呼べばいつでも、透き通る姿で現れてくれると言った。それさえ失うくらいならと、ようやく折り合いをつけた心を無理に引っ張り出しているのだ。

　今こうして触れている温かい身体と、あの透明な姿では全く違うとわかっている。けれど、ならば何もいらないと言ってしまえるほど強くも、諦めよくもなれなかった。神様が眠ればみんなが困るからとか、そんな立派な理由ではなく、ただ、どうにもならない中であがくように選び取った答えが、これなのだ。

　黒蓮の腕の中で、白蘭の手に頬を触れられている今を、誰より失くしたくないのは美鈴だ。なのに、続く二人の言葉は、まるで責めるように美鈴に問いかける。

「花に返っても話くらいはできるが、あんな透き通った姿でおまえを抱くのは無理だぞ？」

「こうして触れることもできないよ？」

　それでもいいのかと念を押され、焦《じ》れたような気持ちになった。

「だって、いつまでもそのままでいることはできないんでしょう？　楓が読んでくれた日記には、巫女がずっと人の姿でそばにいてって望んだから、千年眠ることになったってあった。白蘭だって、それが理由であの人を切り捨てたんでしょう？　二人の身体は、永遠の中で一つしかない身体は、ぼくだけのものにしちゃいけないんだよ」

怒ったような強い口調で言うと、二人は驚いたように美鈴を見た。どうしてわかってくれないのだと、泣きたくなって黒蓮の胸に顔を埋める。泣き顔を見られるのは嫌だった。泣いて縋《すが》るようなことはしたくはなかった。

「…何か、ズレてないか？」

「うん…。美鈴は、どういう状況だと、僕たちが眠ると思ってるのかな？」

だから…、と美鈴は白蘭を振り返る。涙で汚れた顔が恥ずかしかったけれど、もう構ってはいられない。

「ぼくが二人のことを好きになって、ずっと一緒にいて欲しいって思って、花に返したくないと思うことが…」

「美鈴…。美鈴は、そう思っているんだね？」

なぜだか嬉しそうな白蘭が憎らしくなった。涙をいっぱいに溜めた目で「そうだよっ」と叫んで、また黒蓮の胸に顔を埋めた。ひいっく、としゃくり上げる背中を黒蓮が「どうどう」と撫でる。馬じゃない。

「ねえ、美鈴。僕たち二人とも？　二人にそばにいて欲しい？　二人とも好き？」

白蘭の立て続けの問いに、顔を上げないまま三つ頷いた。それが罪でも、もう嘘《うそ》はつけない。二人が好きで、好きで、ずっとそばにいて欲しい。ダメだと言われても、それが美鈴の本心だ。

「黒蓮、聞いたよね？」

「ああ。これで決まりだな」

どこか嬉しそうな黒蓮と白蘭の声が、美鈴の上を素通りしていった。

いったい何が決まりなのだ。思っていたのとまるで違う展開に、美鈴は少しだけ不機嫌になる。予定では、鈴を使って二人を花に返したら、透き通る姿の二人に、これからもよろしくお願いしますとかなんとか言って、二人からも、返してくれてありがとうとか、そんなことを言われて、泉を去るはずだったのだ…。

どんなに好きでも、返したくないと思っていても、こんなふうに泣いて引き止めるはずではなかった。二人に呆れられるのは嫌だったし、困らせるようなことはしたくなかったから…。

白蘭の手が頭に添えられ、つむじにキスが落とされた。僅かに頭を上げると、少し掠れた美声が耳に届く。心を宥める力のある、神様の声。

「美鈴は、誤解してる…」

見上げると「まず、それを解かなくちゃいけないね」と、銀色の瞳が微笑む。

「僕たちが千年眠ることになったのは、験の巫女の願いそのものが直接の原因じゃない。…間接的にはそうだとしてもね」

少しの間、白蘭は美鈴の顔を見つめ、それからぽつりと言葉を口にした。

「あの巫女は禁忌を犯したんだよ。験がある身で、ほかの人間と契りを結んだ。験がある間、巫女には絶対の純潔が求められるのにね…」

静かな声が穏やかに続ける。

「僕たちか験の巫女のどちらかが過《あやま》ちを犯した時、氏神である僕らは千年の眠りにつくと決められている。それは確かに変えることのできない理だ。でもね、美鈴が僕たちにそばにいて欲しいと願っても、それだけではなんの罪にもならないんだよ」

思うだけでは、罪にならない…。二人か、験の巫女のどちらかが過ちを犯さない限りは、二人が眠りにつくことはない…。

言葉の意味が、少しずつ固く凍りついていた心に届く。

「二人を、好きになってもいいの…？」

「うん」

「ずっとそばにいて欲しいって思っても…？」

「うん」

ただ悲しくて、ずっと凍えて麻痺したようだった心が、微かに動き始める。思うことは罪ではなく、ずっとそばにと願うことも、それだけでは罪にはならない。

心に鍵をかけることまではしなくていいのだとわかれば、少しは慰められる気がした。

けれど、花には…。

それでも花には、返さなければならない。それが、二人の望みならば…。それができるのは、美鈴だけなのだから。

欲深い心がそれすら拒むのを無理に押しやる。まだ少し麻痺したまま動きの鈍いその心が、どうにもならない叫びを上げる前に、自分に課せられた役割をしっかり果たすのだ。

「花に返っても、時々は呼んでいい…？」

「え…？　花に返す？」

「そんなにたくさんじゃなくていい…。ほんの少しでもいいから、時々会いに来てくれる？」

「ちょっと待て。どうして俺たちが花に返らなきゃならんのだ」

それまで黙っていた黒蓮が、急に怒ったように口を挟む。美鈴は驚いて、自分を抱いている男を見上げた。

「だって、二人は人の姿でいるのがいやなんでしょ？　用もないのに呼び出したって怒ってたじゃない」

「最初だけだ」

「実体化してるのは不便だって言った…」

「慣れれば快適だ。問題ない」

「…で、でも…」

「僕たちのために民が苦しむこともない。身体を持ったままでも簡単にある程度の距離を移動できる。困ることは何もないよ」

黒蓮から奪うように美鈴を抱き寄せ、白蘭も言う。

「その上こんなにかわいい巫女を、こうして腕の中に抱いていられる」

「そうだ。身体を持つことの長所と短所が逆転したんだ」

それは、花に返らなくてもいいと、そういうことなのだろうか。

胸の裡に芽生えた希望の芽を、美鈴は慎重に扱った。もしも間違いだったら、今度こそ心が壊れてしまう。

「でも…」

「なんだ。まだ何かあるのか」

大ありだった。一番の問題がまだ残っている。

「身体は年を取るって言ったでしょ。千年以上もの間に、二人の身体はそれだけしか年を取ってないのに…」

一人の巫女にいちいち付き合っていたら、あっという間におじいさんになってしまう。そんなのはごめんだと言った白蘭の、あの言葉は本音なのだろう。

今、花に返らなくても、いつか二人は返る。美鈴と同じ時間を、ずっとともに過ごすことはできないのだ。

美鈴だけが、いずれ年老いてゆく。長い一生のどこかで、美鈴は二人の年を追い越し、やがてはるかに年上になってゆく。老いを厭う気持ちはなかったが、若くあり続ける二人の前で、自分一人が皺だらけになり朽《く》ちてゆくことを思うと、それはやはり辛いことだった。

おじさんやおじいさんになった美鈴を、二人はそれでもかわいいと、愛しいと、ほかの誰かに見せたくないと言ってくれるだろうか。

(ムリだよ…)

白蘭の着物に顔を押し付けて涙を堪えた。抑えきれない本心が、言葉になって零れ出る。

「ずっと、一緒にいてくれるんじゃなかったら…、やだ……」

無理は承知だ。それでも、どこかで失うくらいなら、いっそこれ以上二人を好きにならないうちがいい。身体の熱も、結ばれる悦《よろこ》びも知らないうちがいい。触れたい、触れて欲しいと願う気持ちは、もうどうにもならないくらいに美鈴の中にも溢れている。それでも、手に入れた後で奪われるくらいなら…。

肩を震わせている美鈴を白蘭が抱き締める。

「ずっと一緒にいるよ。美鈴の命が続く限り、僕たちはそばにいる」

「でも…、そんなことしたら、二人ともおじいさんになっちゃうよ？　人の姿でいたらどんどん年を取るんでしょ」

「どんどん、ていうか…、まあ、美鈴と同じくらいにはね」

「花に戻っていたら年を取らないのに…。あっという間におじいさんになるのはヤダって、白蘭言ったじゃない」

ああ、と今思い出したように白蘭は微笑む。

「別にそれはいいよ。ね、黒蓮」

「ああ。問題ない」

「美鈴に会う前におじいさんになるのはごめんだったけど…、美鈴と一緒にならいいよ。年を取っても、ずっと一緒にいさせて」

「だいたいな、じいさんの姿をした氏神たちも、別にちょこちょこセコく年を取ったわけではないぞ。

同じ時を生きる相手に出会い、ともに生きたからあの年になっただけだ」

永遠の命の中でただ一度だけ許される人としての時間。その時をともに過ごす伴侶としての巫女に出会った時、自分たちの身体はその巫女のものとなり、ともに老いるのだと告げられる。

「そもそも、伴侶というのは普通ずっと一緒にいるものだろう」

「伴侶…？　ぼくが？」

「ほかに誰がいる？　人の話を聞け」

聞いている…。痣には伴侶の資質があるとか、だから痣のある間はほかの人間と結ばれてはいけないとか、そういうことは聞いたけれど、いったいいつ美鈴が伴侶だと決まったのだろう。

「俺の身体をおまえに与えると言っただろう」

「い、言ったけど、それは…」

普通、あの状況で言われるそれには、もう少し別のニュアンスがある気がする。なんというか、単に身体の関係を要求する意味に…。そんなことをもごもごと口の中で呟くと、「あながちそれも間違いではないけど」と白蘭が笑う。

「でも、僕たちが身体を与えると言ったら、それはプロポーズと同じ意味なんだよ」

「人としての生涯を、おまえに与えると言ったのだ」

永遠にも似た長い時の中で、ただ一度の時間を与えると。

「プロポーズだ。おまえの返事はまだだったな。この身体が欲しいか」

「僕の身体も欲しい？」

同時に聞かれて、胸がいっぱいになりながら欲しいと、二人とも欲しいのだと答えていた。

「でも、よかった。同じ水脈の氏神たちに報告した矢先に、花に返されたんじゃ目も当てられないからね」

「報告…？」

「ああ。伴侶を得た以上、しばらくは人として生きるわけだからな。行き届かないところをほかの氏神に助けてもらわねばならん。そのための報告を昨日したところだ」

「泉に行っていたのは、その報告のためだよ。着物を着てたのもね。さんざん冷やかされて、祝福されたのに、やっぱり振られましたなんて言えないよね」

「成田《なりた》離婚とかいうのになるところだったな」

黒蓮、古いよ…と冷ややかな視線を送る白蘭を、呆然と見つめる。

「これで晴れて僕たちの身体は、美鈴のものになったわけだ。これからしっかりとそれをわかってもらおうね」

「美鈴の同意も得たことだし、もういいな」

何がいいの？　とは聞けなかった。身体の芯に、触れれば火傷《やけど》をしそうな火が灯っていた。

「純潔の巫女が契ることが許されるのは験の相手だけだ。だが、おまえには二つの験がある。同時に二人と契ってもなんの問題もないから安心しろ」

「よかったね、美鈴」

よかったのかどうかは、少し心配だった。

母屋に戻ると、祖父は神社に出仕した後だった。

遅い朝食を三人で食べ、ざっと後片付けに取りかかると「落ち着いたら部屋においで」と白蘭に誘われた。甘いお菓子をあげると言われて、素直に顔をほころばせる。

ひと通りの手入れが済んだ建物は、隙間風の心配もなく快適だ。どこの襖もするすると滑りがよく、床がギシギシ鳴ることもない。

黒蓮と白蘭が使っている続き間の和室には、真新しい障子《しょうじ》から柔らかな日差しが差し込んでいた。座卓に載った生菓子の箱が目に入り、その中から栗鹿《くりか》の子と道明寺《どうみょうじ》に目を付けていた美鈴は、奥の部屋に呼ばれて立ち上がる。

まだ布団を並べて敷いてあることを不審に思う。それも、起きぬけというより改めて敷いたようにすっきり整えてあるのだ。いつもこんな旅館みたいに二組くっつけて寝ているのだろうかと、なんとなく違和感を覚えた。

「そんなわけないでしょ」

美鈴の考えを読んだかのように、白蘭が答えて笑う。するりと伸びてくる腕に抱き取られ首を傾げると、見上げた顔には妖《あや》しい笑みが浮かんでいた。

「僕たちの身体が美鈴のものだってことを、ゆっくり確かめてもらおうね。二度と花に返すなんて言えないように、しっかり覚えるんだよ」

目を見開くそばから唇を啄まれた。

「さあ、おいで。うんと甘いお菓子をあげるよ」

明るい褥《しとね》に導かれ、口元を両手で覆う。

(い、今から…？　まだ、朝……)

絶句する美鈴を布団の上に座らせて、白蘭は着物を脱ぎ始める。その横を、一糸まとわぬ黒蓮が美鈴のほうへと近付いてきた。

ゴクリと生唾《なまつば》が喉を鳴らして食道を下りていく。

本当に三人でするのだとわかって、頭がクラクラした。

(しし、しかも黒蓮……。あの…………………)

いきなりのものすごい臨戦態勢。すでにやる気満々なそれを、美鈴の目の前に突き出して黒蓮はニヤリと笑う。

「含んでみろ」

思わず瞳を見開いて、目の前のものを凝視してしまった。

いつか竹林で、見知らぬ男のものを含まされるかと思った時、美鈴の中にあったのは混じり気のない嫌悪感だけだった。けれど、今ここにある黒蓮を、美鈴は……。

おずおずと熱いそれに手を添えて、形も大きさも申し分のない男の印を口元に運ぶ。チラリと上目遣いに見上げると、手の中のそれがどくんと脈打つのがわかり、美鈴の中にも興奮が生まれた。

ちゅぱ、と音を立てて先端を含むと独特の味がした。ちゅ、ちゅっと小さな口で啄みながら、全体を指でなぞる。全部を含むのは最初から無理とわかる大きなものを、美鈴は夢中で舐め上げた。汗がしっとりと身体を包む。白蘭の手を借りて服を脱ぐ間も、美鈴は口淫《こういん》をやめなかった。

「ん…、んん……」

ふっと笑った黒蓮に途中で取り上げられて、思わず「あ…」と不満の声を漏らす。

「後でまた、欲しければいくらでもやる」

そう言って抱き上げた黒蓮に唇を奪われる。それまで含んでいたものの名残を舐め取るように舌がうごめき、触れ合った先端を吸われると立っているのがやっとになった。

「あ…っ、ひぁ…う」

その状態で、白蘭が触れてきた場所に全身が跳ね上がる。白い双丘《そうきゅう》を両手で支え、その中心を温かい舌がくすぐるように舐め上げた。

「ああ……、やぁ……」

「今日はここも、しっかりほぐしておかないとね」

そう言って舌の先を突き立てられ「ああ……っ」とまた声が零れる。

「ん、んぁ……っ」

黒蓮に縋ったまま振り向くと、チラリと見上げてきた銀色の視線が絡みつく。ふふっと笑って、見せつけるようにゆっくりと濡らされ、それだけで、まだ触れられてもいない美鈴自身が反応し始めた。

再び顎を取られて唇を塞がれ、一方で後ろも舐められる。腰が砕けて、黒蓮の支えがなければとっく

に身体は崩れ落ちてしまっただろうと思う。

　ガクリと膝が折れ、そのまま膝裏に手を当て抱き上げられる。キスをやめないまま褥に横たえられた。右手は黒蓮の長い指に包まれ、左手は全部の指を絡ませるように白蘭に握られる。それぞれに頬や額や首筋、身体のあちこちにキスを落としながら、二人は空いた手で淡い胸の飾りを弄《もてあそ》び始めた。

「美鈴はここが好きだな」

「なんだ、黒蓮も知ってたの」

　捏《こ》ねたり摘まれたりして小さく尖った先端を、左右別々に舐められ吸われる。荒い呼吸で背を反らせると、まるでもっととねだっているかのように薄い胸が突き出た。

　きゅっと吸い上げられ歯を立てられて、たまらず左右に大きく首を振って喘《あえ》いだ。

「あ…、や…っ」

　自由を奪われた両手がもどかしかった。痺《しび》れたように力の入らない腰と疼く下腹部が苦しくて、もがく爪先が布を掻《か》いた。両膝を左右に割り開かれて、美鈴は泣きそうな声を上げた。

「や…っ、やだ、お願い……っ」

「お願い？　どうして欲しい」

　天を仰いで震える美鈴自身を放置したまま、黒蓮が意地の悪い問いを投げる。触ってと口にできずに涙が滲んだ。慎ましいサイズのそれに「かわいい」と言って白蘭が手を添える。安堵に似た甘い疼きを感じたのも束《つか》の間、続けて問われた白蘭の言葉に脳が赤く染まった。

「舐めてあげようか？」

いや、と声にならない声が答えるより先に、温かい粘膜《ねんまく》に包まれて、愉悦《ゆえつ》が身体を走り抜ける。

「ん、んん…っ」

黒蓮のキスに喘ぎを封じられたまま、白蘭の施す口淫に腰から身体が溶けてしまうのではないかと思った。全体を含まれ吸い上げられながら、後ろには指が増やされてゆく。感じる一点を突かれて腰が跳ね上がる。

「あ、ああ……っ」

嬌声《きょうせい》とともに、びゅくっと最初の到達が弓なりに仰《の》け反った腹の上に散った。

「綺麗だね、美鈴……」

白蘭のキスが腿の内側に落ちる。そのまま膝やふくらはぎを辿ってゆく白蘭の唇と、達して小さくなった美鈴を指で弄びながら汗ばんだ胸に赤い花を散らしてゆく黒蓮の唇と…。どちらの愛撫《あいぶ》にも同時に溺れながら、ただただ快感が走り抜ける身体を時おりくねらせて、甘い喘ぎを漏らした。

つぷ…と美鈴のぬめりをまとった黒蓮の指が埋め込まれて、確かめるように何度か抜き差しを繰り返す。

「だいぶ柔らかくなったな」

固い蕾《つぼみ》のようだった後孔《こうこう》は、花がほころぶように従順に開いてゆく。指で穿《うが》たれる快感を覚えた場所が、ねだるような収縮を繰り返し始めると、

「今日は挿《い》れるからな」

そう宣言した黒蓮が、美鈴の身体をくるりと反転させた。ほっそりとした腰だけを高く持ち上げて、

熱い自身を押し当てる。

「あ……」

その大きさに一瞬竦んだ身体は、固い熱の感触にとろりと溶けてゆく。緩んだ瞬間を逃すことなく黒蓮は最初の抵抗を潜《くぐ》り抜け、ゆっくりと大きな杭《くい》を埋め込んできた。

「あ、あ……っ」

開かれる痛みに背を強張らせると、白蘭が美鈴の髪を撫でる。

ぎゅっとつぶっていた目を開き、目の前にあった白蘭自身を見つけると迷わず手を伸ばしていた。後孔からの刺激から意識を逃がすように夢中で口に含む。

「あ、は……。美鈴、すごくいい……」

艶のある声で褒められて、さらにそこを舐め上げているうちに、黒蓮のものが徐々に深く埋め込まれる。

「んぅ……」

痛みを訴える呻きを漏らすといったんは引かれて、けれど次には、一気にまた奥まで突かれて「あ……っ」と叫び声を上げて背を反らした。

「あ、あ、あ……っ」

一定のリズムで繰り返される抽挿《ちゅうそう》に意識をさらわれる。突かれるたびに、奥へ奥へと黒蓮を埋め込まれる。

「い……あぁ、ん——……っ」

やがて抽挿は大きく不規則になり、ずずっと抜かれては奥まで一気に突き上げられ、美鈴はあられもない嬌声を上げて腰を揺らした。

ずんずんと強く突かれるたびに、硬く勃《た》ち上がった美鈴自身が激しく揺れる。再び白蘭を含んだ美鈴は、穿たれるリズムのままに顎を上下させた。身体中から汗が噴き出し、美鈴の腰を掴んだ黒蓮の手が滑る。その手が美鈴の前に添えられ、穿つ動きに合わせて何度もしごき上げた。

美鈴は我を忘れて腰を揺らし、夢中で白蘭を味わった。口の中に収まりきらないそれが喉を突いてあばれることさえ、快感を生み出す。汗と唾液の滴《したた》る顎を手で拭うと、白蘭の手に上を向かされた。

「美鈴……気持ちいい……？」

自身も切羽詰《せっぱつ》まったような官能の表情を浮かべ、白蘭が問いかける。愛しげに美鈴の頬に手を添え、答えを待つより先に腰を揺らして天井を振り仰ぐ。その白蘭の、美しい首のラインがしっとりと汗に濡れて妖しく光っていた。あまりの艶めかしさに美鈴の後ろがきゅっと締まり、それが黒蓮の呻きを引き出す。さらに質量を増すものに内側を圧迫され、美鈴の目には涙が滲んだ。

次第に大きく、速くなる黒蓮の活塞《かっそく》が、もうこれ以上ないと思うさらにその奥までを強く穿つ。身体全体が踊っているように激しく揺れ、張りつめた自身の限界を感じて、頭の中が真っ白になった時、

「――ひ…………っ」

どこまでも突きぬける青い空に全身を投げ出されたような解放が訪れる。腰の奥に熱い奔流《ほんりゅう》を叩きつけられ、美鈴の前からも花の雫《しずく》が迸《ほとばし》り出る。直前で美鈴の口から自身を引き抜いた白蘭の温かい飛《ひ》沫《まつ》が、崩れ落ちた白い背中にぱたぱたと降り注いだ。

「あ……、は…はぁ……」

荒い呼吸のまま、三人並んで褥の上に身体を投げ出す。大の字になる黒蓮と白蘭の間で、息も絶え絶えに美鈴はうつ伏せになっていた。

「ああ……。すごく、よかった……」

「ああ。想像以上だったな。よし、もう一回いくぞ」

ムリ。と顔に出したはずが、完全にスルーされる。軽く身体を返され、覆いかぶさる白蘭に口づけられ、抱き締めるように腰を引き寄せられた。

「栗鹿の子……」

お菓子の名が思わず口に出るが、後でね、と小さく笑われただけだった。

膝を持ち上げられる形で足を開かれ、あらわになった場所に白蘭を押し当てられる。

(嘘…。もう、こんな……)

なんとなく、黒蓮ならいくらでも…という気がしていた。けれど、白蘭もこんなだなんてと涙目になる。

「や…、もう、死んじゃう……」

「それ、褒め言葉だよね」

違う……。と思った瞬間ぐっと奥まで突かれて仰け反る。

「あぁ……っ」

ゆっくりと抜き差しされて、感じる場所を刺激されると二回も達した後なのに、美鈴もまた硬く勃ち上がってくる。悪戯するような黒蓮の指に胸や足の間を弄ばれ、じわじわと時間をかけて喘がされた。

一度抜かれて位置を変え、横向きになった体勢で後ろから白蘭を受け入れ、黒蓮とは互いのものを含む形で横たわった。再びあの大きな屹立《きつりつ》を前にしてそれを好ましく思う自分に少し驚く。

（ほんと、おっきい……）

宝ものを愛でるように大切に味わうと、快感はもう、含まれた自分のものなのか、相手のものなのかもわからないくらいに溶け合ってゆく。どこからどこまでが誰の身体なのかもわからないほど、夢中で互いを感じ、味わい、愛し合った。


修繕が済んで、すっかり立派になった儀式殿に新郎新婦が並び立つ。

続いて入場してきた親族たちは、一様に驚いた顔を隠さず、美しい神主と巫女に目を瞠った。

冬を迎えて結婚式はオフシーズンだったが、華和泉神社に来る依頼は後を絶たない。美形神主と美人巫女の人気は上々で、結婚式やらお祓いやらで、日々大勢の人が足を運んでくれている。

神社の方向性として若干微妙な感もあるが、やはりありがたいことには違いなかった。一応、歴史ある資料の展示コーナーなども設けてみたが、そちらの人気はそこそこといったところだ。

神社に人が集まれば、門前町の華和泉商店街にも人が通い、だんご屋のアキラさんも、蕎麦屋の長さんも、豆腐屋の厳さんも、商売繁盛とのことである。町全体が笑顔に包まれて、それが何よりありがたいと思えた。

白蘭は、願い事が叶うかどうかは本人の心がけ次第だなどと言っていたが、神様のいない祠に届く願い事は、同じ水脈の氏神様がちゃんと聞き届けてくれることもわかった。人の姿で在る間の保険として、神様たちの間に自助システムが存在したことは、美鈴にとって新発見である。

二人を花に返さないと聞いて、楓は最初、ひどく心配そうだった。祖父が横から「黒さんと白さんで泉に報告に行ったはずじゃから、大丈夫じゃろ」と言うのを聞いて、美鈴は首を傾げた。

「おじいちゃん、二人が泉に行った理由を知ってたの？」

「もちろんじゃよ。二人から、美鈴を伴侶にもらいたいと挨拶までしてもらったんじゃからの」

それではなぜ、世話になったなどと過去形で語ったのだ。美鈴の問いに、「お世話になりました。これからもよろしく、という使い方があるじゃろ」などと答える。

「じゃあ、黒蓮の色紙を無言で手渡したのは？」

「あんなもんを記念に欲しがるおまえに、何も言えなかっただけじゃ」

返す言葉がない。

（でも…、そうか。おじいちゃんには、言ってくれたんだ…）

この先、美鈴が女性を妻に迎えることも子孫を残すこともないと知っても、祖父はそれを受け入れてくれた。美鈴が生涯幸せなら、それでいい。やがて自分が旅立った後に、一人になることがないとわかっただけで安心だと笑う。

境内に出ると、相変わらず美しい背中が無駄のない動きで箒を使っている。身体を動かすのが好きだと言う黒蓮は、境内や拝殿の掃除だけでなく家事の大半を今では引き受けてくれていた。神社の巫女としての業務が増えて忙しさが倍増の美鈴にとって、それはとてもありがたいことだった。たとえその裏に、美鈴の体力をほかの目的に温存するためという思惑があったにしても。

そして、美鈴がほんの少し許した白蘭の洗脳で、神社の巫女は美鈴の姉だと誰もが信じていることも、平和な日常を維持する上ではありがたいことと言えるかもしれない。

「おだんごもらったよ」

端正な後ろ姿に声をかける。儀式殿から白蘭も廊下を渡ってきて、三人並んで拝殿の縁側に腰を下ろした。青く澄んだ空には、葉を落とした銀杏の木が高く枝を伸ばしている。

「来年はどんな年になるのかな」

美鈴の何気ない呟きに、

「いい年になるさ」

「いい年になるよ」

二人の神様が同時に美しい笑顔で頷いた。

桜咲く頃

華やかに着飾った人の群れが、笑いさざめきながら境内《けいだい》を石段に向かって流れてゆく。時おり立ち止まっては、羽織袴《はおりはかま》と綿帽子の新郎新婦にカメラやスマホのレンズを向ける。明るく晴れ渡った空の下には、数えきれないほどの祝福の言葉が高く響いていた。

三月は結婚式のシーズンだ。やや肌寒い日もあるが、幾重もの婚礼衣装をまとう花嫁には、暑過ぎる夏よりはるかに負担が少ないのだろう。石段下の披露宴《ひろうえん》会場まで少し歩く華和泉《はないずみ》神社のようなところでは、特に…。年度替わりの転勤なども関係するらしく、一年のうちでも最も依頼の多い月の一つだった。

その機会を逃すことなく、白蘭《びゃくらん》はスケジュールをいっぱいに詰め込んでいる。美鈴《みすず》が春休み中ということもあり、大安ともなると午前中の早い時間から午後まで、ほぼ休みなしだ。後に披露宴が控えていて、夕方がやや早いことが唯一の救いである。

この日最後となる式を終え、ようやく儀式殿《ぎしきでん》から表に出ると美鈴はほうっと深い息を吐き出した。

「疲れた？」

隣に立った白蘭に聞かれ大丈夫だと首を振るが、境内を眺める視線はどこか呆《ほう》けていて定まらない。ぼんやりと漂う先で、白い綿帽子の下の赤い唇が艶《あで》やかに微笑《ほほえ》み、その隣で花婿が誇らしげに胸を張るのが見えた。

「…幸せそうだね」

世界中に、これが自分の愛する人だと告げる。春の日の光の下で、はにかんだり照れたりしながらも、新しい夫婦の姿は誇りと喜びに輝いていた。

眩《まぶ》しさに目を眇《すが》めていると、ふいに白蘭の手が伸びてきて美鈴を抱き寄せる。外はまだ明るく、人の目も多い。そっと睫毛《まつげ》を伏せながら、美鈴はその胸を押し返した。

けれど、儀式殿に戻ると、白蘭はすぐに深く唇を求めてきた。優しく舌を吸われ、そこに宥《なだ》めるような気配を感じて不思議に思う。

「白蘭…？」

どうしたの？　と問うより先に、銀色の瞳が覗《のぞ》き込む。

「美鈴は、幸せ？」

時々、美鈴自身でさえ気付かない心の機微《きび》を見透かす先見の神様が問う。

「幸せだよ」

答えながら、胸の裡《うち》で何かが小さく揺れた。なんだろうと思う間もなく、再び塞《ふさ》がれた唇の甘さに溶けて消えてしまうほどの小さな揺らぎ…。

幸せだと、思う。この世の全てと引き換えにしても欲しいと願った二人、黒蓮《こくれん》と白蘭と結ばれて、こうしてそばにいられる。これ以上何を望むことがあるだろう。

けれど、まだどこか慰めるように優しく抱き締められると、小さな揺らぎは胸の奥で居場所を見つけたかのように染みになって残った。

日差しの下の華やかなざわめきは遠くなり、扉の中には微《かす》かな衣擦《きぬず》れの音だけが響く。灯《あか》りを落としたほの暗い部屋に、高窓から差す光の筋が傾き始めて長く延びていた。

片付けを終え、控えの間でそれぞれの着替えを済ませながら、最近楓《かえで》が会ったと言う座敷童子《ざしきわらし》の話になった。

座敷童子が出るのは、華和泉ではそう珍しいことではない。美鈴や楓が幼い頃にも、子どもの数だけあったはずのだんごが一串足りなかったり、遊んで帰ろうとした玄関の土間で靴が一足消えていたりということが何度かあった。そんな時、大人たちは「ああ。座敷童子が出たな」と、なんでもないことのように笑ったものだ。

今度の座敷童子は珍しいことに少し大人に近いらしかった。新駅に関する会合という名の宴会で、なぜか人数分あったはずの酒や料理が消えたのだそうだ。酔った人たちの言うことではと笑った美鈴に、楓は真顔《まがお》で証人は自分だと言ったのだった。

「大樹や古木、沼や川、あとは田んぼなんかにも気が宿るものがあるからね。時々、その気が人の姿になって現れるんだよ」

「気…？」

「うん。精霊《せいれい》とか、広い意味で神様とかって呼ばれてるものかな」

米粒一粒にも宿るなどと言う場合の神様だと、白蘭は説明する。「米粒一粒っていうのは、ちょっと大袈裟《おおげさ》だけど」と笑い、いわゆる八百万《やおよろず》の神と呼ばれる存在だと教えてくれた。

「気が人の姿になるって、実体化するってこと？」

そんな細々《こまごま》した神様も実体化するのかと、ちょっと驚く。

「僕たち氏神《うじがみ》と違って伴侶《はんりょ》候補がそれを司《つかさど》るというわけじゃないから、むしろ頻繁《ひんぱん》に実体化してるよ。自分の意思でというわけでもないから、何かの弾みなんだろうけど…」

「何かの弾みって…。それ、困るんじゃないの？」

その身体《からだ》にも使用期限があるのだとしたら、大変なことだ。

「困ると言っても、自分で実体化をコントロールできる者なんてそうそういないんだよ。このあたりに現れるのなら、大淀湖《おおよどこ》のヨドツヒメムチノオオミカミ…大淀姫《おおよどひめ》くらいかな。水を支配する女神なんだけど、彼女のレベルなら自分の意思で自由にできる。もっとも、大淀姫が人の姿で現れることは滅多にないけどね。数百年に一度くらいかな」

「数百年に、一度…」

それもまた、ずいぶんな年月だ。

大淀姫と呼ばれる水の女神は、この世に水がある限り存在するのだと言う。黒蓮や白蘭よりさらに長い命を生きる女神は、本当に必要な限られた時間しか人の姿にならない。一方で、古木や沼に宿る気の寿命はせいぜい数百年、たまに人の姿になるくらいでちょうどいいのだと説明された。

神様にもいろいろな種類があるらしい。

正直、美鈴にはまだよくわからなかった。沼などに宿る気の寿命を「せいぜい数百年」と言ってしまえる白蘭たちの持つ時間の長さも、本当の意味で理解することはないのだろう。

それでも、その長い時間の中でたった一つしかない身体を自分にくれたのだと思えば、「伴侶」となって数ヶ月が過ぎた今でも、幸せな気持ちが胸に満ちていた。

ふいに白蘭が顔を上げ、見慣れてもなお眩《まばゆ》いキラキラした笑みを向ける。長く優雅な指先が美鈴の唇に触れ、ようやく引いたばかりの甘い感触を再び呼び覚ますようにゆっくりと撫《な》でた。

「そんな目で見られたら、さっきの続きがしたくなる」

にわかに頰《ほお》が朱《しゅ》を刷《は》く。抱き寄せられた腕の中で、こめかみに落ちる囁《ささや》きを聞いた。

「…美鈴、今夜も僕たちの部屋においで」

掠《かす》れた甘い声が耳朶《じだ》に触れ、少し前には官能的なキスにも平気で応えた美鈴なのに、言葉の意味を思って恥じらいに身を竦《すく》めた。直接触れられるよりも、こうして何かを予告されるほうが苦手だ。実際に肌を合わせてしまえばただ満ち足りて幸せなだけなのに、頭で考えると心臓がおかしいほど騒いで顔から火が出そうになる。

赤い顔で視線を彷徨《さまよ》わせる美鈴を、白蘭は笑って許した。

「夕飯に遅れると黒蓮がうるさいからね。そろそろ母屋《おもや》に戻ろうか」

少しずつ日が長くなり、ゆっくりと暮れる春の夕闇が境内を淡い紫に染めていた。手水鉢《ちょうずばち》に流れる水を止め燈籠《とうろう》に灯りを灯《とも》すと、急に闇が深くなる。

母屋では黒蓮と祖父が何かを議論していたようだったが、香辛料の香りが漂う玄関に美鈴たちが立つと、口々に「おかえり」と言いながら姿を見せた。

「また、カレー…」

白蘭の小さなため息に、「嫌ならおまえが作れ」と黒蓮は口の端に勝ち誇ったような笑みを浮かべる。一度台所に立った白蘭の、あまりに独創的な料理の記憶も生々しい祖父と美鈴は慌《あわ》てた。すかさず「黒蓮のカレーは美味《おい》しいから！」と口を挟《はさ》む。週に三日は確かに多い気もするが、実際かなり美味しくいただいているのだ。無闇《むやみ》な冒険はしたくない。

だが、席に着こうとして美鈴は首を傾《かし》げた。

テーブルの上には、皿が四つ。スプーンも四つ。付け合わせのサラダも四つあるのに、どういうわけか自分の分がない。祖父が並べてくれたそれは、何度数えても数は足りているのに。

（座敷童子…）

心の中で呟《つぶや》くのと、黒蓮が誰かを追い立てるのとが同時だった。

「瑞希《みずき》。なんでおまえがそこにいる。どけ」

瑞希、という名を耳にしたとたん、一人の青年の姿が目に入る。どけと言われて席を立った瑞希は、美鈴と同年代くらいでほっそりとした姿をしていた。色素の薄い髪や瞳の色が、透明感のある印象を与える。やや中性的な整った顔立ちは物静かで、あまり表情の動かない落ち着いた態度が大人びて見えた。どこかで会ったような気がするものの、はっきりとは思い出せない。

チラリと視線を投げられて軽く会釈《えしゃく》する。

なぜか一度、探るような目で見返されて首を傾げていると、白蘭と顔を見合わせた黒蓮が「見えるのか」とよくわからないことを言う。怪訝《けげん》な目で見上げると、簡単な紹介をしてくれた。

「淀沼《よどぬま》の瑞希だ。遠い親戚《しんせき》みたいなものだと思えばいい。しばらくの間、ここに置く」

「美鈴です。よろしくお願いします」

笑顔を浮かべ頭を下げたが、表情のない目に見返されただけで、それもすぐにどこかに逸《そ》らされる。

正直、美鈴は戸惑《とまど》った。だが、初対面の相手の硬さをどうこう言える自分ではない。世慣れていないのはお互い様と思い直して、行き場に迷った笑顔をこっそりと仕舞い込んだ。

親戚なら、どこかで会っているのだろう。花泉《はないずみ》家には古い分家が多い。本家の者が短命なせいでそちらから養子を取ることもあるのを、家系図で見て美鈴も知っていた。美鈴の代で子孫が途絶えることは確実なので、何かの準備を兼ねて祖父が招いたのかもしれない。

瑞希を立たせたままで、黒蓮はどかっと自分の席に腰を下ろす。白蘭もすでに着席して、特に注意を払う様子はない。その上祖父までが、どういうわけか素知《そし》らぬ顔をしてテレビの相撲《すもう》中継に見入っている。客人に対するにしてはあまりにぞんざいな態度が気になり、その上四人分しか用意されていない食事に美鈴は慌てた。

「あの…、ごはんすぐに用意するから座ってて…」

台所に向かいかけると、黒蓮が「俺がやる」と制して立ち上がる。そして、踏み台に使っている丸椅子《いす》をテーブルの短辺に置き、瑞希を座らせた。さらに、盆にも載せずにカレーとサラダを運んでくる。やはり、ぞんざいだ。それも、かなり…。

だが、皿を受け取った瑞希は、恭《うやうや》しいほど深く頭を下げて礼を言っている。奇妙には思ったが、いつも通りの和《なご》やかな食事が再開されるとすぐに忘れた。

シチューのほうが好きだと言う白蘭を黒蓮がうるさそうに睨《にら》み、たまには食べたいと祖父と美鈴が加勢すると、少し考えて「次は作る」としぶしぶ頷《うなず》く。瑞希はどっちが…、と聞こうとした時には、すでにその姿はなかった。

空になった皿とスプーンはきちんと流しに下げられていて、そこに瑞希がいたことを示すのは踏み台代わりの小さな丸椅子だけだ。瑞希がいなくなったことを気に留める者はいない。

いくつもの違和感を孕《はら》んだ、これが瑞希との出会いだった。

湿った水音に混じって、切羽詰《せっぱつ》まった喘《あえ》ぎが零《こぼ》れ落ちた。

「……あ、あぁ…」

だめ…と甘えるような声で首を振りながら、美鈴は二人の男の手に身を委《ゆだ》ね、快楽の甘い蜜に溺《おぼ》れて嬌声《きょうせい》を上げた。白い肌に散るいくつもの花は次から次へと咲いて、所有の証《あかし》が消える日が来ることはない。

めくるめく夜の褥《しとね》を存分に味わい、愛《いと》しい男たちと楽園の眠りにつく。三日にあげず繰り返される情事に飽きる者はなく、伴侶を得た幸福は互いの心と身体を十分に満たしていた。

続き間の一室で目を覚ました美鈴は、部屋の中に自分一人だと気付いて、慌てて時計を見た。腰の重だるさに昨夜の愉悦《ゆえつ》がよみがえり、胸の奥に甘い疼《うず》きが走る。

急いで着替えて居間へ向かうと、キッチンに立つ黒蓮の横に、ほっそりとした青年の姿があった。

(あ…。そうか…)

前日に顔を合わせたばかりで、忘れたはずはないのだが、どういうわけかその時まで瑞希の存在が頭から消えていた。いかにも夜に溺れたようで、少しばかりいたたまれない気分になる。だが、緊張した様子でネギを刻んでいる後ろ姿を見ているうちに、やはり初めのうちは黒蓮が怖いのだと思うと急に可笑《おか》しくなってきた。

居間の一角にある書き物机で、パソコンをチェックしていた白蘭が顔を上げる。

「おはよう、美鈴。よく眠れた？」

黒蓮が振り返り、瑞希に何か指示してから美鈴のそばまで来る。頬に手を当てて上向かせ、体調を確かめるために覗き込んできた。笑いを含んだ顔に気付くと、硬質な頬を僅《わず》かに緩《ゆる》ませて揶揄《やゆ》の言葉を口にする。

「なんだ。ずいぶん機嫌がいいな。昨夜はそんなによかったか？」

指先が唇を辿《たど》り、甘い時間を思い出させるように軽く開かせる。そのままかがみ込んでキスを求めてきたが、肩越しにじっとこちらを見ている瑞希の姿が目に入り、美鈴は慌てて手のひらを当てて近付いてくる顔を遮《さえぎ》った。

「何をする」

鼻を押さえられた黒蓮が、低い声で呻《うめ》く。

「だって…」

瑞希が…と言いかけた言葉は「並べ終わりました」という平坦な声に封じられた。白蘭が立ち上がり、黒蓮の手から美鈴を引き取りながら軽く髪に唇を落としてゆく。

感情のない瑞希の目が、それを追っていた。

情事の翌朝、二人の仕草はことさらに甘い。誰もいない時ならば美鈴もそれは嬉《うれ》しい。幸福の残り香のような余韻《よいん》を味わい、濃密な夜が再び訪れるのを待ち侘《わ》びる気持ちにさえなる。

だがこの朝は、何も言わずに自分たちを見つめる瑞希に、美鈴の頬からは笑みが引いていった。あまり表情が変わらず、口数も少ない瑞希は、何を考えているのかわかりにくい。後ろめたいことなどなかったが、冷めた視線の前で、心のどこかがしんと冷えてゆく気がした。

その時、白い綿帽子が、なぜだか一瞬脳裏に浮かび、すぐに光に溶けるように消えていった。

朝食の後、黒蓮を手伝って片付けを終えると、美鈴はそのまま儀式殿に向かう。このところ毎日朝から式があり、この日も午前中に二件、午後に一件、予定が入っていた。

儀式殿では、白蘭の指示で瑞希が榊《さかき》や水を替えているところだった。美鈴がモップに手を伸ばすと、すでに神主の装束《しょうぞく》を身に着けた白蘭が「ここは大丈夫だから、着替えておいで」と促す。隣に立つ瑞希に視線を移して、軽く頭を下げた。

「ありがと…。それじゃ、お願いします」

まっすぐに見て言ったはずなのに、瑞希は不思議そうな顔をしただけで何も答えない。あたりを見回すように逸らされる視線に、気持ちが塞いでくる。

（……。もしかして、嫌われてる…？）

言葉もほとんど交わしていない。けれど、目が合ってもまるで美鈴など存在しないかのように逃げてゆく視線には、含むものでもあるのだろうかと不安になる。無視をするというほどの明確な意志すら感じられず、そのあまりの関心のなさに心が沈んだ。

黒蓮や白蘭に対しては、緊張した様子はあっても瑞希は丁寧に接している。言葉や視線にも、はっきりと応えているのを知っていた。

（何か気に障《さわ》ることでもあるのかな…？）

　黒蓮に言われるまで、美鈴は狭い人間関係の中で楽をしてきた。そのツケだと思って、きちんと向き合うよりほかないのかもしれない。理由を聞いて、直せるものならば直して、少しでも仲良く暮らせればそのほうがいいと自分を鼓舞《こぶ》する。

　午後に一件あった式を終えて母屋に戻ると、居間では瑞希が一人、洗濯物を畳んでいた。タオル類を抱えて洗面所に向かうのを見て、後を追う。それぞれを収納する棚の位置を教えてあげなくてはいけないし、話をするのにちょうどいい機会だと思ったのだ。

「あの、瑞希さん…」

　躊躇《ためら》いがちに声をかけると、瑞希の背中は不自然なほどビクリと跳《は》ねた。恐る恐るといった様子で振り向く。

　少し変な気がしたが、それについて深く考える余裕はない。ただでさえ言葉はうまくないのに、今から美鈴は「あなたはぼくを嫌いなんですか？　理由はなんですか？」などと瑞希に聞かなければならないのだ。相手の気分を損ねることなくそんな質問ができる自信は、正直なところ全くなかった。

　そうして美鈴が言葉を探しているうちに、先に口を開いたのは瑞希のほうだ。

「…おまえ、俺が見えるのか？」

　問われた意味が摑《つか》めず、黙って見つめ返すと、探るような様子で瑞希は瞳を眇めた。

　見えるのか？　とは、どういう意味だろう。瑞希は幽霊でもなんでもない。カレーを食べ、儀式殿の掃除をし、洗濯物を片付ける。確かな実体を持った一人の人間である。見えないはずがない。

じっと、睨むように見つめられて、かろうじて「見える」と答える。弾《はじ》かれたように瞳を見開く瑞希に、いったい何をそんなに驚くのだろうと思う。

それにしても、大人びた綺麗《きれい》な顔に似合わず、瑞希の言葉は意外にぶっきらぼうで飾り気がない。

「おまえ、何者だ？」と聞いてくる口調は、むしろ思ったより子どもっぽい印象を与える。

何者、という問いにも戸惑っていると、瑞希は少し考え込むように眉を寄せた。長い睫毛を伏せた様子が、母の持っていたカメオのブローチを思い出させる。言葉遣《づか》いと見た目の差に気を取られていた美鈴は、やがて呟かれた問いにさらに答えを失った。

「……おまえは、黒蓮さまと白蘭さまのなんなんだ？」

質問の意味は理解できたが、何…と聞かれて答える用意がなかった。「伴侶」と伝えたところで、それだけで理解される間柄とも思えない。多くの場合夫婦を表すその言葉は、普通一組の男女を指す。三人の男が結ぶ関係として、誰にでも納得のいくものではないだろう。

「おまえ、お二人にずいぶん大事にされてるみたいだけど…、だからってなんでも許されると思うなよ」

いつの間にか少し俯《うつむ》いていた美鈴は、瑞希の言葉に視線を上げた。

「あのお二人がどういうお方か、おまえだって知ってるんだろう？」

「え……」

心臓が、ビクリと跳ねる。瑞希は、二人が何者かを知っているのだろうか。

「なんで…？」

「…俺は親戚みたいなもんだから」

祖父から聞いたのだろうか。黒蓮と白蘭が泉に宿る神社の祭神《さいじん》であることは、美鈴と祖父、それに美鈴の幼馴染《おさなな じ》みで山伏《やまぶし》の末裔《まつえい》である楓の三人しか知らない。それを知っているということは、瑞希はやはり、いずれ華和泉神社に入るということなのだろう。

それにしては、祖父はあまりにも瑞希に関わろうとしない…。

だが、今はそのことを気にするより、瑞希の言葉の端に見えた不満の影をしっかり見極めることが先かもしれなかった。瑞希がなぜ自分を避けるのか。それをきちんと知り、できることならば、もう少し普通に仲良く暮らしたい。瑞希が神社に入り、この先もずっと公私ともに関わってゆくのなら、なおさら。

「なんでも許されると思うなって、たとえばどんな…？」

「いろいろだよ。人の姿をしていても、あの方たちはこの地を統《す》べる尊い氏神様なんだ。あのお二人に何かあったら大変なことになる。もっと、大切にしないと…」

美鈴は頷いた。瑞希の言うように、ようやく目覚めた黒蓮と白蘭の身に何かあれば、華和泉はまた淀んだ空気の土地になる。美鈴の思いとは別に、二人を守り大切にすることは、誰にとっても重要なことである。

すっと眉をひそめて、瑞希は少し声を落とした。

「夜中に、ヘンな物音を聞いたんだ……」

心配で眠れなかったと言う瑞希の表情は真剣だ。

「人の動く気配と…。それに叫び声みたいなのとか、呻くみたいのとかも…。氏神様に何かあったらどうしよう」

それは一大事だ。泥棒、あるいは何か悪い気でもあたりに迫っているのかもしれない。昨夜の美鈴はそれどころではなかったが、これからは注意を怠《おこた》らないようにしなくてはと思う。

「合間に、いや、だとか、もっと…だとかって、言ってた。ひどく苦しそうに…」

美鈴の頭の中は、一瞬白くなった。

(それ…は……？)

かあっと身体中が熱を持つ。瑞希を凝視《ぎょうし》した自分が真っ赤になっているのがわかった。

叫ぶような嬌声にも、艶《なま》めかしく呻く声にも、十分過ぎる心当たりがあった。

以前、美鈴が苦しげに声を堪《こら》えていた時に、「誰かに聞かれた時には忘れさせる」と白蘭は言ったのだ。もとより敷地だけは広く近隣の家からは離れている。少し耳の遠くなってきた祖父の部屋は家の反対側だ。それでも万が一という懸念が取り払われて、美鈴はそれ以来気にしたことがない。

昨夜も声を押し殺したりはしなかった。誰かに聞かれることがあるなど、つゆとも思わず声を嗄《か》らしたのだ。

なぜ、瑞希は忘れていないのだ。白蘭のバカ、と心の中で責める。

眉を寄せたままの瑞希がじっと美鈴の顔を見ていた。

「あの方たちが今みたいな状態にあることに、俺は、ほんとは反対だ」

続けられた言葉に、心臓が冷たく凍りつく。小さく揺れた視線は、洗濯物を抱えた瑞希の手元に落ちていった。

瑞希は美鈴に、おまえは黒蓮と白蘭のなんなのだと聞いた。

祖父が何をどんなふうに伝えたのかはわからない。祖父自身は、美鈴が幸せならばそれでいいと全てを受け入れてくれている。だが、男の身で、美鈴が二人を夫に迎えたようなものだとは、なかなか他人には説明しづらいことだろう。

自分の恋が、世間一般のそれと形が違うことは美鈴にもわかっている。中にはとうてい受け入れられないと考える人がいることも。

（だから、なのかな…）

瑞希の冷淡な視線は、自分たちの関係を知り、それに反対だからだったのだ。

タオルや肌着類を所定の場所に片付けながら、隣で作業する瑞希を見ることができなかった。事務的な言葉を交わして、感情を隠す。

人の目に触れないように、密やかに恋をした。それを辛《つら》いとは思わない。悔んだこともない。

けれど…。

まわりの誰からも祝福されて結ばれる、そんな恋がある一方で、社会の規範から少し外れた恋愛の前には、棘《とげ》のあるいばらの道が続いている。その棘は、時おり心の弱い部分を刺すのだった。

家事の大半を黒蓮に預けてしまった美鈴だが、春休みの間くらいは少し受け持とうと考えていた。ずっとやってきたからこそわかることだが、家事というのは案外重労働だ。拘束される時間も長い。

「黒蓮、洗濯物ぼくが入れるから、たまには素振りでもしてきたら？」

竹刀《しない》を振る姿をしばらく見ていない。舞うように美しい太刀捌《たちさば》きを忘れてしまってはもったいないと思い、提案してみれば、「あんなのは暇だからやってただけだ」と一蹴《いっしゅう》される。

「それより、そんな体力があるなら今夜こそ俺たちの部屋に来い」

「…あ、それと、買い物も行って来ようか？」

「美鈴！」

強く腕を引かれて、たたらを踏む。まろぶ前に、広い胸に引き寄せられていた。怒ったような瞳に見下ろされて視線が泳ぐ。リビングから庭に続くテラスには瑞希がいて、その後ろ姿の先で白さの眩しいタオルやシーツが日の光を透かして揺れていた。黒蓮の指が顎《あご》にかけられた時、ふいに瑞希が振り返ってこちらを見る。

咄嗟《とっさ》に美鈴は逞《たくま》しい胸を押し返していた。低い唸《うな》り声に、ごめんと思う。

「なぜ拒む。気に入らないことがあるならはっきり言え」

「気に入らないことなんか…」

「ないと言うのなら、触れさせろ。何日おまえに触れていないかわかっているのか」

よくわかっている。瑞希が来た翌日からだから、ちょうど一週間だ。夜、褥をともにすることはおろか、昼間こうして黒蓮や白蘭が触れてくることさえ、瑞希の前では気になって拒んでいた。そして、瑞希が近くにいないことは、この一週間ほとんどなかったのだ。

伴侶となった当初のように隙さえあれば深く口づけられたり、場合によってはその場で押し倒されたりということはなくなったものの、美鈴たちはまだ、言わば「新婚」の時期にある。毎日でも美鈴が欲しいと言う黒蓮が苛立《いらだ》つのも無理はなかった。美鈴が望めばいつでもという構えの白蘭でさえ、何度か困ったように「どうかしたの？」と聞いてきた。

美鈴にしても、嫌で拒んでいるわけではない。触れ合うたびに感じる甘いときめきは少しも薄れてはいなかったし、それが薄れる日などとうてい来ないだろうと思えるくらいに二人を求めている。それでも、瑞希の存在が心の枷《かせ》になって、自分でもどうすることもできないのだった。

プラスチックの籠《かご》に瑞希が洗濯物を取り込み始める。それを見て、美鈴は黒蓮から離れた。深いため息が、美鈴の心を責めるように背後で落ちる。

テラスから庭に下りて手伝い始めると、瑞希の手が一瞬止まる。

「あ…、一緒にやるのは嫌？」

「…別に、いいけど」

瑞希がほのめかした理由のせいで、洗面所で話した後も、美鈴はどこか気まずく瑞希に接していた。それでもなるべく関わろうとするのは、ほかに誰も瑞希の相手をする者がいないことに気付いたからだ。

黒蓮と白蘭のぞんざいな態度もずいぶんだったが、それを全くフォローしない祖父の様子には驚きを通り越して心配になっていた。あのおせっかいやきの祖父が、二人に何も言わないだけでなく、瑞希に対しても、声をかけたり気遣ったりということが一切ないのだ。異常事態と言っていい。

だが、そうして誰もが瑞希をいてもいなくてもいいように扱うのを黙って見てはいられない。嫌われているかもしれないと思いながらも、つい声をかけてしまうのはそのためだ。

「なあ、おまえさ…」

床に座って洗濯物を畳みながら、躊躇いがちに瑞希が話しかけてくる。

「おまえは、俺のこと…ちゃんと見えてるんだよな」

「瑞希さんの姿がってこと？　それは、見えるに決まってるよ。目の前にいるんだもん」

以前もそんなことを聞かれた。「さん」はいらないと言いながら考え込む瑞希に、どうしてそんなことを聞くのかと逆に尋ねてみる。しばらく答えを探してから、瑞希は困ったようにぽそりと呟いた。

「…だってさ、普通のやつにはわからないんだもん。俺のこと、見てても……」

消え入りそうな声に、冷蔵庫の中身を確認していた黒蓮の声が重なる。

「美鈴、買い物に行くぞ。支度《したく》しろ」

せっかちな黒蓮への条件反射でさっと立ち上がりながら、畳んだ洗濯物の前に座る瑞希に視線を向ける。言いかけた言葉はすでに仕舞い込まれた後だとわかった。

悪かったかなと思った気分を変えて買い物に誘うと、瑞希は素直にそれに頷いた。手分けをして洗濯物を片付け、黒蓮が苛立つ前に急いで支度を整える。

「なぜ、おまえまでついて来る」

黒蓮の言葉に瑞希の背が僅かに緊張した。だが、言葉が向けられたのも答えたのも白蘭だ。

「いいじゃないか。僕だっていろいろ入用のものがあるんだよ」

「社務所《しゃむしょ》の備品ならまとめて届ける業者がいるだろうが」

「来てもらうほどじゃないんだよ。プリンターのインク一個だけなんて頼みにくいじゃないか。美鈴が大学に行ってる時なら、帰りに買ってきてもらえるけど」

いかにももっともらしい理由を述べる強《したた》かさで、白蘭に勝てる者はいないだろう。苦々しげに睨むだけで黒蓮は引き下がった。

以前ほどきっちりと気配を消さなくなった二人に、町の人が時おり声をかけてくる。それでも四人もの人数でぞろぞろ歩いているわりには、あまり人目についている様子はなかった。活気を取り戻した商店街には、夕飯の買い物をする人の姿が行き交う。

「美鈴ちゃん、今日は会合あるからって、鈴虎《すずとら》さんに言っといてくれる？」

だんご屋のアキラさんに声をかけられて、美鈴は笑ってしまう。「今日は、って。ほとんど毎日じゃない」と返すと、まあ、そう言わずに、とアキラさんも笑いを返す。この機会に瑞希を紹介しておこうとショーケースの並んだ店の正面に回った。

「アキラさん、紹介しておくね。この人は…」

言いかけた美鈴のシャツを瑞希が引っ張る。振り向くと、困ったような顔で首を左右に振っていた。嫌だったのだろうかと慌てて謝ると、そうではないともう一度首を振る。

「でも、無駄だと思うから…」

あまり長くは滞在しないということだろうか。それでも紹介くらいはしておきたかったが、気が進まないのならば仕方ない。

アキラさんが「夕飯前だから、一本ずつな」と言いながら、パックにだんごを詰めて渡してくれる。祖父への借金を返し終わっても、利息代わりだからとアキラさんがだんごの代金を受け取ることはない。だから、これは完全なサービス品で文句は言えないのだけれど、その中身を見て、美鈴は首を傾げてしまった。パックにはだんごが三本、艶《つや》やかなみたらし餡《あん》を光らせて並んでいる。

戸惑う美鈴に、瑞希はなんでもない様子で「こういうことだからさ」とそのだんごを指差した。八百屋の前で黒蓮を邪魔していた白蘭が、振り返って美鈴の手元を覗き込む。

「あ。おだんごもらったんだね」

三本しかないだんごを気にすることもなく、白蘭は瑞希と美鈴に一本ずつ取らせる。まだ事情がのみ込めないまま見上げていると、チラリと黒蓮の背を見ながら自分も一本取って「何？」と目顔《めがお》で問いかけてきた。

「なんで、三本だけなんだろ。アキラさんらしくない」

「ああ、瑞希は淀沼の気だから、普通の人間にはわからないんだよ」

あっさり言われて、あやうくだんごを落としそうになる。

呆然《ぼうぜん》とする美鈴に、白蘭は「いつか座敷童子の話をしたよね」と続け、簡単な説明をしてくれた。

「その時にも言ったけど、気は時々人の姿になって現れるんだよ。だけど、人からはよくわからない。見えていないわけでもないんだろうけど、気配がないから目に映っていても気付かないんだね」

時々、黒蓮や白蘭が気配を消すのと同じようなもので、よほど意識して見ようとしない限り、景色に埋もれてわからないのだと言う。

「美鈴は瑞希をはっきり認識できてるみたいだけど、そのことのほうが、本当はちょっとびっくりなんだよね…」

白蘭の声を聞きながら、まわりを歩く人々の視線を追った。美鈴や黒蓮や白蘭に目を留めて笑いかけたり、時には立ち止まって挨拶《あいさつ》してきたりする人はいるけれど、瑞希に注意を払う者はいない。視線を向けても、それは瑞希を通り越して背後にある店の品やら歩いている知り合いやらを見ているだけで、瑞希自身の姿を目に映しているわけではないのだった。

慣れた様子で、自分を素通りする視線を受け流す瑞希を見ているうちに、どうしてか少しずつ胸が塞いでくる。

(瑞希は、ちゃんとここにいるのに…)

家に戻り、黒蓮がカレーを作りかけていた鍋《なべ》に白蘭が勝手にルーを投入したシチューを食べている間も、美鈴の心は晴れなかった。「カレーはどんぶり物だが、シチューは汁だ。ほかに菜《さい》がないから美鈴ががっかりしている」と黒蓮が白蘭を詰《なじ》っていたが、それが原因ではない。

瑞希に目を向ければ、珍しそうにシチューを味わっている。美鈴の視線に気付くと「これ、美味《うま》いな」と照れたような笑顔を見せた。表情が乏しかったのは、どのみち誰の目にも見えていないと諦《あきら》めてのことだったのだ。自分を嫌っていたわけではないと知ったのはよかったが、今度は別の理由で美鈴の心は沈んでいった。

(寂しく、ないのかな…)

淡い瞳と髪の色。透き通るような印象はあっても、瑞希の姿は美鈴の目にははっきりと見えている。瑞希はとても美しいのだ。この姿を目に映せば、きっと誰もが魅《ひ》かれるはずなのにと思う。

庭に一本だけ植えてある桜がほころび始めて、花の枝の向こうに丸い月がぼんやりと浮かんでいた。暖かい夜で、硝子《ガラス》戸を開け放ったテラスで一人、瑞希はその月を眺めている。

隣に美鈴が腰を下ろすと、ぽつりと話しかけてきた。

「沼があった時はよかったんだ。俺には役目があったからな……」

「うん」

聞いているという合図に返事をすると、安心したように瑞希は続けた。

「沼には魚とかカエルとか、藻《も》みたいな水の中に生える植物とか、とにかくいろんな生き物たちがいた。そいつらがちゃんと生きられるようにしてやるのが、俺の仕事だった」

魚釣りに来る人間の子どもが誤って溺れることがないようにと、気を配ったりもしたのだと言う。淀沼で命を落とした者がいないことが自慢だと言って、少し誇らしげに微笑んで見せた。あまり時間の概念がない瑞希には、はっきりしたことはわからないらしかったが、およそ百年か二百年、あるいはもう少し長い時間を沼の気として過ごしてきたようだった。

「だけど沼は埋め立てられて、俺は石碑《せきひ》に封じられた。…行くところがない気の中には人間に悪さをするのもいるから、よくあることなんだけどさ」

「悪さって？」

「俺にはよくわかんない。だけど、目に入らない俺が何かをすれば、人間は驚く。だんごを食っても、洗濯物を畳んでも驚くんだ」

そうかもしれない。子どもの頃の記憶や、楓の話が頭に浮かぶ。最初に瑞希に会った日の、黒蓮がその名を口にするまでの戸惑いも、美鈴は覚えていた。

「封じられたら、瑞希はどうなるの？」

「どうにもなんない。ただ眠るだけだ」

黒蓮や白蘭のように、千年眠ってまた目覚めるのだろうか。そう思っていた美鈴は、続く言葉に声を失くす。

「沼や自分のことを忘れて、存在が消えるまでただ眠るんだよ。…気なんてものは、宿るものがなければどこにも居場所はないからな」

（それって……）

まるで、死ぬのを待つようなものではないか。

石碑には浄化《じょうか》しきれない気が淀んでいると以前白蘭に言われた。浄化というのが気が自らの存在を忘れることを意味するのなら、そこに至るまでの闇はどれほど深いものだろう。消滅という名の死を受け入れるための暗い眠り。美鈴の命がまるごと引き込まれかけても無理はなかったのだ。

「でも、なんだか知らないうちに、俺はあの石碑から自由になれた。沼や自分のことを忘れずにいられたのはよかったけど、今はその沼もないし、俺には行くところがないんだ…」

家で過ごす限り、黒蓮と白蘭、それに美鈴には瑞希が見えている。それだけでは寂しいかもしれないが、ほかに行くところがないというのなら、このままいればいいと思う。祖父には多少説明が必要かもしれないが、あの祖父はたいがいのことをあっさり受け入れる底知れない呑気《のんき》さを備えている。

たぶんなんとかなるだろう。

「ここにいればいいよ。大丈夫だから、ずっと一緒に暮らそう」

美鈴が微笑むと、淡い瞳がすっと何かを宿して深くなる。一瞬、背筋を冷やりとしたものが通り抜けたが、夜気のせいかと思って特に気に留めることはなかった。

黒蓮や白蘭のように、気配をコントロールできるようにはならないのだろうかと聞いてみるが「よくわかんないけど、たぶんこのままだ」とひっそり笑う。

「お二人は氏神様だからご自身で好きなようにできるけど、俺たちみたいなただの気に、そんな大層なことはできない」

誰の目にも映らない。それがどんなことかを美鈴は考えた。以前、瑞希から向けられた感情のない目が頭に浮かぶ。どうせ自分を見てはいないと思っていた瑞希は、美鈴に返す視線にもその存在を映そうとしなかった。

(瑞希はずっと、あんなふうに見られていたんだ…)

ちゃんとそこにいるのに、まるでいないように見られる。目は向けられているのに、自分を通り越して意識はその背後の何かを捉《とら》えている。

そこにあるのに、ないことにされる。それはまるで…。ふいに、自らの心に潜《ひそ》んだ揺らぎが顔を出す。

誰の目にも触れない。それはまるで、美鈴の二人への思いと同じだ。

「…別に、それでもいいんだ」

　瑞希の呟きに顔を上げる。

「桜の木だって、ああやって花が咲けばみんな見るけど、花が咲いてない時はそこに桜があるなんて誰も気付かないんだよ。月だって…。今はああして見えていても、新月の日に月を眺める人間はいないだろ」

　それでも桜はそこにあるし、月もなくなったわけではない。

　それと同じだ、と瑞希は言う。誰も見ていなくても、自分はそこにいる。誰にも言えなくても、思いはそこにあるのだと。

　それは確かに真実なのだ。

　誰に見られずとも咲く花のように強くなりたいと、美鈴もずっと思ってきた。

　祖父は十分に美鈴を認め褒《ほ》めてもくれたけれど、両親を亡くした美鈴は、心の隅で、誰の目がなくても頑張れる自分にならなければいけないと覚悟していた。いつでもどこからでも自分を見てくれる視線がないことを、無意識のうちに心に刻んでいたのだ。

　黒蓮と白蘭に出会い、両親とはまた違う愛情で、どこにいても自分を見てくれる目のあることを知った。それを、今の美鈴はどれほど幸福に思っているだろう。

　見て欲しい、認めて欲しいと望むことは、まわりと関わりを持って生きる「人」にとって自然なことなのだ。

「俺は平気だ」

そう言って笑う瑞希に、誰かの視線を与えてあげたかった。笑うことができるのも、その姿を相手が瞳に映しているからだと、知って欲しかった。

その夜を境に、瑞希はずいぶんと美鈴に打ち解けるようになった。もともと美鈴以外に接する相手はなかったのだが、自分のことを話したせいで安心したのかもしれない。黒蓮や白蘭とは案外はっきりとした身分の差があるらしく、美鈴ほど親しく接することはできないようだった。

身体のある状態ではほかの生き物とうまく通じ合えない点は黒蓮や白蘭と同じで、人の姿でいる間は瑞希も人として生活するしかないのだと言う。誰の目にもその存在が映らないというのに、それはずいぶん理不尽《りふじん》なことに思える。

一人でぽつんといる姿を目にすると、それまで以上に放っておくことができなくなった。美鈴はあのおせっかいな祖父の孫なのだ。

以前は客間として使っていた続き間は黒蓮と白蘭の部屋になっているので、あまり荷物を持たない瑞希は、居間に隣接した四畳半の和室に寝泊まりしていた。狭いだけでなく造りも簡素で、ほかに空いている部屋もなく仕方がないのだが、少し申し訳ない気がする。

改まった来客があった時のことも考えると客間はやはり必要ではないかと思い、祖父に言ってみると「そのことじゃったら、黒《くろ》さんと検討中じゃ」と答えが返ってくる。

「いま少し、意見にくいちがいがあっての。じゃがまあ、近いうちにはなんとかなるじゃろ」

黒蓮と祖父があれこれ議論をしていたことを思い出し、どんなふうにするのだろうかと楽しみになった。一階を増築するか二階を上げるかだろうが、いずれにしても大きな金額のことなので二人に任せておこうと思う。

「それより、美鈴。おまえ、最近ちょっと独り言が多くないかの？」

何気ない様子で祖父が聞いてくる。まるで誰かと話しているように聞こえると言われ、瑞希のことを説明しなくてはと思う。だが、「何かおかしなものにとりつかれてないじゃろうな」と真剣に眉を寄せられて、思わず噴《ふ》き出していた。

相手は瑞希だ。とりつくなどということがあるはずない。説明はいずれ白蘭に頼むことにして、何も心配はいらないとだけ返す。そうしながら、やはり祖父にも瑞希の姿はわからないのだとはっきりした。そうなれば、瑞希には自分しかいないのだと改めて思う。

何度か黒蓮に「あまり瑞希にばかり構うな」と言われたが、黒蓮の狭量《きょうりょう》さは今に始まったことではない。何か考え込むような白蘭の視線も、必要なことがあれば抜かりなく手配するはずだからと、気に留めることはなかった。

夕食の後、祖父と黒蓮がテーブルに将棋盤《しょうぎばん》を出して勝負を始めると、白蘭は新聞を片手にソファに移動する。アキラさんからもらったいちご大福を小皿に取り分けながら、瑞希が何気なく口にした。

「そう言えば、あれっきりヘンな声聞かないですね」

美鈴が間に入ることで、瑞希は黒蓮や白蘭とも少しずつ話すようになっていた。どこか瑞希を軽んじていた二人も、話しかけられれば咎《とが》めることもなく応じる。慣れない敬語を使うのが微笑ましくてにこにこと聞いていた美鈴だったが、ふと話の内容に嫌な予感を覚え、緑茶を淹《い》れる手を止めた。

新聞から視線を上げて、白蘭が瑞希を見る。

「ヘンな声？」

「はい。最初の日の夜、叫び声とか呻き声とかが聞こえて、俺、びっくりして…」

白蘭の眉がひそめられる。

「何それ？」

だが、隣でさっと目を逸らした美鈴の耳が赤いのを、見逃す白蘭ではなかった。瞬時に全てを察したらしい知恵の神様に、頭の回転が速過ぎるのも時に考えものだと心の中で呻く。

「瑞希、もしかしてその声を聞いたこと…、次の日、美鈴に言った？」

「はい。言いました」

視線を合わせなくても、呆《あき》れたように美鈴を見る銀色の瞳が目に浮かぶ。ささやかな抗議が、小声の呟きになって零れた。

「だって、白蘭…、誰かに聞かれても忘れさせるって…」

「人ならね…。でも、瑞希は自然の気だから聞かれて気にすることもないし…。そもそも洗脳がきかないから」

真っ赤になって俯く美鈴を、瑞希が不思議そうに見ている。白蘭は軽く肩を竦めた。

「美鈴もたいがいお子様だったけど、瑞希も負けてないね。数百年も生きてきて、あれがどんな声かも知らなかったとは…」

気というのは本来そういうものかもしれないが、瑞希は人の姿で過ごした時間もそれなりにあったはずなのにと白蘭は笑う。瑞希が何も気付いていなかったという事実に美鈴は驚いたが、それならそれで、何も言わなくていいと思う。なのに、白蘭の口からは不用意な呟きが落ちていた。

「瑞希だって、獣たちのまぐわいくらい、目にしたことがあるだろうに…」

「まぐわい？」

きょとんと目を瞬《しばた》いた瑞希に、いちご大福を押し付ける。もうこの話は終わりでいいという合図のつもりだった。だが、「あれは…、人のまぐわう時の声だったのか？　でも、誰の…？」と眉を寄せられて、いたたまれない気分で視線を逸らす。

大福を手にしたまま美鈴を見つめ返し、あらぬ方向を向いている赤い顔に、瑞希がはっと息をのんだ。

「美鈴…、まさかおまえ…。おまえが、黒蓮さまや白蘭さまと……」

いっそのこと逃げ出したい衝動を抑えて、念を押すように聞いていた。

「…瑞希、ほんとに気付いてなかったの？　だったらなんで『そんなの反対だ』って…」

「し、知るもんか。俺が言ったのは、お二人に人間の仕事を手伝わせていることだ！」

瑞希の顔も赤くなったが、美鈴の比でないだろう。泣きそうに目を潤ませる美鈴を、手に付いた大福の粉を払い落としながら、白蘭が宥める。

「そんなに気にすることはないよ。瑞希は自然の一部みたいなものなんだから」

そう言われても、簡単に頷くことはできない。

「美鈴は、瑞希が僕たちの関係を否定して言ったと思ったんだね…。まあ、人の感覚からすれば一般的な恋愛の形とはかなり違っているし、仕方ないけど」

ため息のように呟かれて、美鈴は顔を上げる。

美鈴の心に住みついた小さな揺らぎを、おそらく白蘭は見逃さないだろう。瑞希の言動を必要以上に気にしたのは、美鈴自身が揺れているからなのだ。他人の目がまったく気にならないと言えば、それはおそらく嘘《うそ》で……。

白い綿帽子が脳裏を過《よぎ》る。どれほど羨《うらや》むまいと思っても、明るい日差しを受けたその姿はやはり眩しく瞼《まぶた》に焼き付いている。

美鈴と、その美鈴をじっと見ている瑞希を見つめ、白蘭は少し困ったように眉を下げた。次に、食卓の向こう側にいる黒蓮に視線を移す。

パチリと駒《こま》の音を響かせて祖父を呻かせた後で、黒蓮は低いけれど十分に届く声で白蘭に問いかける。

「大淀姫に、連絡はついたのか」

「一応ね」

短く答えて、白蘭はもう一度美鈴と瑞希を見比べた。

パチリと祖父が駒を置き、黒蓮の視線はテーブルの上の将棋盤に戻ってゆく。

美鈴の淹れた緑茶を一口啜《すす》って、白蘭が静かに問いかけた。

「祝福されない恋愛は、辛い？」

美鈴は小さく首を振る。二人の手を取った時から心は決まっている。誰に何を言われても、誰が認めてくれなくても、この手を放したりはしないと…。

けれど、誰の目にも触れさせないように隠した心はひどく頼りなくて、そこにあるのにないことにされる存在が時おり切なかった。

「なるべく早く、姫様に来てもらおうね」

ぽつりと言って、白蘭は宥めるように微笑んだ。


御神酒《おみき》用の酒を配達に来た楓が、運んできた荷物がすぐに倉庫に片付くのを見て不思議そうな顔をしていた。やはり楓にも瑞希の姿はわからないのだなと、美鈴は思う。

（おじいちゃんや楓でも見えないんじゃ、普通の人には無理か…）

黒蓮や白蘭が気配を消している時でも、祖父や楓がそれを気にすることはない。ほかの人より「見る力」が強いのだと、白蘭に聞いたことがあった。その二人にも見えないのなら、瑞希の気配は相当に薄いのだ。

楓が帰った後も考え込んでいる美鈴に「気にすんなよ」と瑞希が声をかける。

「おまえが見てくれるだけで、俺は嬉しいんだ。こんなに長く人の姿でいるのは初めてだから、おまえがいなかったらきっとすごく寂しかったと思う」

　ありがとな、と笑顔を見せられて、美鈴も表情を緩めた。

「美鈴は優しいな。だから、お二人も美鈴のそばがいいんだな」

　影を宿した瞳で瑞希は呟く。瑞希と一緒に少し酒を運んだだけなのに、美鈴は自分の身体がひどく重いのを感じていた。人使いの荒い白蘭のせいだとため息を吐《つ》く。

　その白蘭は、黒蓮と泉に行っていて留守だった。大淀姫がどうとか言っていたので、何か神様としての用事があるのだろう。二人が人の姿でいる間は、同じ水脈のほかの神様が泉を通していろいろフォローしてくれるらしいのだ。

「美鈴、人のまぐわいっていうのは、そんなに気持ちがいいのか？」

　唐突《とうとつ》に、そしてあまりにまっすぐに聞かれて言葉に詰まる。

「あれは、気持ちのいい時に出る声なんだろう？」

　人と自然の気の中間のような瑞希に問われると、あまり生々しい感じがしなかった。深く考えることもなく、そうだねと頷く。瑞希は少し視線を落とした。

　俯いた瑞希を見ながら、胸の裡で思う。人の目にさえ映らない瑞希は、この先誰かと触れ合うことがあるのだろうか。

　ただの気であれば寂しいとも思わないのかもしれないが、人の姿でいる今はどうなのだろう。宿る場所がないという瑞希は、これからもずっとこの姿でいるのだろうか。

　ふいに瑞希の視線が上がり、いつになく影の濃くなった瞳で美鈴を見る。淡い色彩はそのままなのに、底のほうがどこかほの暗く、黙っていると引き込まれそうな気がして美鈴は慌てて口を開いた。

「今日の晩ごはん、ぼくが作ろうかな」

咄嗟の言葉だったが、黒蓮が戻っていないのでちょうどいいかもしれない。

「美鈴にできるのか？」

目を丸くする瑞希に、以前は全部自分がやっていたのだと教える。「俺にもできるか？」と続けられて、暗い影の残る瞳に頷いていた。

母屋に戻る前に社務所に声をかけると、ちょうど表に出てきた祖父が首を傾げる。

「楓はどうしたんじゃ？」

「とっくに帰ったよ？」

祖父の眉が不審げに曇ってゆく。

「美鈴…、おまえ、誰と話しておったんじゃ…？」

祖父に説明する機会は、結局逃したままだった。白蘭から話した様子もなく、やはり今も祖父は瑞希の存在に気付いていない。

どうして見えないのだろうと思う。瑞希はちゃんとここにいるのにと…。

沈んでゆく美鈴の顔を、祖父が心配そうに見ている。

「おじいちゃん、今日はぼくが晩ごはん作るけど、何かリクエストある？」

ごまかすように話題を変えたそれに、そうじゃな、と顎に手を当てた祖父は、たまにはさっぱりと和食が食べたいと言う。美鈴がアジの塩焼きと肉じゃがでどうだろうかと伺《うかが》いを立てると、軽く頷く。

それに、きゅうりの酢の物と豆腐の味噌汁《みそしる》…と付け加えたところで、その顔に笑みが戻った。

「黒さんの料理はどれも美味いんじゃが、このところハイカラなものが続いたからの」

言外《げんがい》に、特にカレーが…と匂《にお》わせて、けれど、いつもの悪戯《いたずら》な光がその瞳に瞬《またた》くことはなかった。

風呂から上がった美鈴が居間を覗くと、黒蓮だけがソファに腰を下ろしていた。

「じいさんが心配してたぞ」

隣に座るようにと手招きされてそばまで行く。タオルをかぶせられ、包むように頭ごと抱き寄せられた。顎と鎖骨《さこつ》の間の馴染《なじ》んだ場所に額を預けると、ため息混じりの低い声が落ちる。

「…あまり、瑞希に関わるな」

タオルの下から顔を見上げる。薄い口元だけが視界に入り、聞き慣れた小言は、苛立ちよりも不安の気配を多く含んで美鈴の胸に届いた。どうして…？　と、小さな問いが零れていた。

少しの間、美鈴の髪をごしごし擦《こす》っていた黒蓮は、あまり気の進まない様子で口を開く。

「…瑞希をここに置いているのは、余所《よそ》で悪さをさせないためだ。宿る場所のない気は、おまえが思っているよりずっと性質《たち》が悪いからな」

カタカタと窓が鳴り、外に風が吹き始めたのがわかった。

「…おまえがとりつかれてどうする」

とりつくだなんて…。瑞希は、美鈴のほかに話す相手もいないから、そばにいるだけだ。美鈴の害になるようなことをするとは思えなかった。

見るともなしに掃き出し窓に目をやると、端のほうを水滴で白く曇らせた硝子が、花冷えに気温を下げた外の様子を教える。午後にはそれほどでもなかったが、急に冷え込んできたようだ。

風邪をひかせぬようにと、黒蓮は丁寧に髪から水気を拭《ぬぐ》ってゆく。そうされることにすっかり慣れてしまった自分が、少し恥ずかしかった。よく動く黒蓮の手が美鈴の髪や身体をケアしてくれるのは珍しいことではない。主にそれは、情事の後のことではあったが…。

心臓が僅かに鼓動を速める。久しぶりに包まれる黒蓮の腕の中は心地よくて、切ないような気持ちで瞼を閉じた。甘いざわめきが肌を覆うが、それより強い倦怠感《けんたいかん》に身体が沈んでゆく。

(なんだか、だるい…)

「見ろ。だから、言っている」

さらに抱き寄せられ額に唇を寄せられる。金色の光が身体の芯に流れ込むのを感じて、自分が浄化をしていたのだとわかった。光が満ちると黒蓮の唇は離れていった。

「おまえがああいうものを放っておけないのは知っている。だが、今の瑞希は危険だ」

言いにくそうに視線を逸らせて、それでも黒蓮は低く告げる。

「おまえだから、浄化という形で済んでいると思え」

湿り気を帯びたタオルを脇に置き、黒蓮は美鈴を抱き寄せた腕に力を込めた。

「黒蓮…?」

「この身体に何かしてみろ。瑞希を雷で打ちすえてやる」

低いが、意外なほど強い語調だったことに戸惑う。黒蓮の懸念が美鈴には理解できなかった。瑞希が美鈴に危害を加えるはずはなく、また、かりに性的な意味で言っているのだとしても同様だと思った。

美鈴は瑞希を、友達か弟のように思っている。一緒に過ごすうちに、よく働き自分を頼ってくる瑞希を好ましく思うようになったのは確かだが、それは、黒蓮や白蘭に対する思いとは全く別のものだ。瑞希にしても、たまたま自分の姿を見ることができる美鈴に頼っているに過ぎず、そこに恋愛感情があるとは思えなかった。黒蓮が心配するようなことは何もないのだ。

(誰かに触れたいと思う気持ちは、特別なものだもの…)

心の中で呟きながら、もう三週間近くもそういう意味で二人に触れていないのだと気付く。

強く抱き寄せている黒蓮の手のひらの感触が、急に意識の表面に上る。身体の奥に熱が生まれ、ざわりと肌が粟立《あわだ》った。もたれたままの肩の、視線の先にある美しい鎖骨に触れたい衝動に指先が疼く。

「黒蓮…」

着物の衿《えり》に指の先が触れた時、スリッパを履《は》いていない裸足の足が視界の隅に立った。

「風呂…、空いたので、入ってください」

その声に重なるように、ガラガラと玄関の引き戸が鳴る。

「黒蓮。やっと大淀姫から返事が来たよ」

食事の後で再び泉に行っていた白蘭が、冷たい息を吐きながら居間に入ってきた。瑞希の姿を目に留め、温かいお茶を淹れてきて欲しいと頼んでいる。

瑞希がキッチンに下がると、黒蓮と白蘭は少し声を落として話し始める。

「どこをほっつき歩いてたんだ、あの姫君は」

「うん。日本中の水脈を、一応視察してたみたい。北海道《ほっかいどう》で流氷を見てたとこを捕まえてもらった」

流氷など今さら珍しいものでもないだろうと顔をしかめる黒蓮に、あれでいろいろ付き合いがあるのだろうと白蘭が取りなす。

「僕たちが伴侶を得たことは知っていて、近いうちに泉に寄るって」

伴侶という言葉に美鈴が顔を上げると、白蘭は冷たい指先をその頬に伸ばしながら、いつにも増してキラキラとした笑顔を浮かべた。

「氏神に伴侶が現れるのは数百年ぶりだから、美鈴に会うのを楽しみにしてるってさ」

「ぼくも、会うの？」

「美鈴もって言うか、美鈴に会うために来るんだよ。大淀湖には年に数回寄っても、泉の一つにまで姫神様が来ることなんて滅多にないんだから」

確かこの前来たのは二人が千年眠ることになった時で、その挨拶のためだったと聞いて唖然《あぜん》とする。同時に、その女神が泉を訪れるのが、どれだけ特別なことなのかがわかった。

偉大な水の女神は、久しぶりに現れた伴侶が男だと知ったらなんと言うだろう。暗い考えに沈みかけた意識を、続く会話が引き戻す。

「瑞希のことは、何か聞いたか？」

白蘭は微かに頷いた。

「ついでになんとかするから安心して待てだって」

「…ついでか」

「仕方ないよ。迷子になった気なんて、日本中至るところにいるだろうからね。どれだけの数の陳情が彼女のところに持ち込まれるか、黒蓮も知ってるだろう」

ついでもなんでも、なんとかしてもらえるのなら瑞希は運がいい。白蘭の言葉に、美鈴はふと、瑞希はいったいどうなるのだろうと思う。

紅茶を載せた盆を手に戻ってくる瑞希を見ながら、黒蓮が低く呟く。

「なるべく早く来てもらいたいものだな」

黒蓮を風呂に追い立てて、入れ替わるようにして白蘭が隣に腰を下ろす。その前に紅茶のカップを置きながら「美鈴も飲むか？」と瑞希が聞いてきた。瑞希も一緒なら…と言いかけたところを、白蘭が先に口を開く。

「鈴虎さんの書斎にも、持って行ってあげてくれる？」

瑞希が行ってしまうと、白蘭は美鈴の顔をじっと覗き込んできた。銀色の瞳が、微かに揺れている。

「黒蓮に、何か言われた？」

瑞希のことで、と暗に示されて、とりつく云々《うんぬん》といった話を伝える。それを聞いた白蘭が、ふっと微笑んだ。

「言ったんだ…。瑞希を悪く言うと美鈴が嫌がるからって、なかなか言えなかったみたいだよ。人の気持ちなんて考えたこともないような男が、美鈴だけは特別みたいだから」

自分の狭量さに見せかけて「近付くな」と言うのが精一杯。そう告げられて、黒蓮の懸念が以前からのものであり、美鈴が思っているより大きいのだと知らされる。

「大淀姫は、早ければ明日にでも泉に現れる。外の冷たい空気は、寒い場所から移動してくる彼女の影響だからね」

そうだったのか、と思いながら頷くと、白蘭は少し困ったような表情を見せた。そして、躊躇いがちに、けれどはっきりと告げた。

「それまで、瑞希に近付かないほうがいい。宿るところがない気は、とても不安定なんだ。瑞希も、いつまでも今のままでいられるわけじゃないんだよ」

あまり深く関わり合わないほうがいいのだと、白蘭は諭《さと》す。

「瑞希は…、大淀姫が来たら、瑞希はどうなるの？」

美鈴の問いには答えず、白蘭はまだ少し水分を含んだ髪に冷たい指先を伸ばした。

「美鈴…。身体を持った状態で気が人に宿る場合、どうすればいいと思う？」

瞳の奥に銀色の炎を揺らめかせながら、白蘭は続ける。

「身体がなければ、比較的簡単にものと一体化できるのは、気も僕たちと同じなんだよ。逆に、身体があると触れたところからしか通じ合えないことも…」

その中に入り、一つになりたいと思えば、方法が限られていることも。

髪に触れた指先に力が入り、湿った頭が引き寄せられる。少しの間、白蘭はじっと美鈴を抱き締めて動かなかった。

「瑞希は、美鈴に宿りたがっている…。だけど、美鈴に触れさせるわけにはいかない。何があっても」

杞憂《きゆう》だと、笑うことはできなかった。

「そこにあるのにないことにされる…。瑞希の姿が人の目に映らないことを美鈴は寂しがっているね。そこに、自分の心を重ねて」

でも…。

髪に唇を当てた白蘭は、掠れる声をほとんど吐息のように潜めて囁いた。

「たぶん、その美鈴の気持ちにこそ、瑞希は同化したがっているんだ…」

あまり気持ちを寄せ過ぎてはいけないと、心配の滲《にじ》む瞳で念を押された。

美鈴の部屋に瑞希が現れたのは、その日の夜だ。身体を揺り動かされて目を覚ます。「俺も、おまえにしてやりたい」と言われて「何…、を…？」と、半分眠ったまま問い返していた。

「黒蓮さまや白蘭さまがするみたいなこと、気持ちのいいこと…。おまえに…」

言葉の意味を摑むのと同時に、一気に目が覚める。慌てて起き上がろうとしたが、布団の上から覆いかぶさられて身動きが取れなかった。

「おまえの中に入って、一つになりたい。おまえとまぐわえば、きっとずっと一緒にいられる…」

縋《すが》るように美鈴に手をかけ、どこかくぐもった声で瑞希が訴える。そんなことはできないし、したくないと言っても、暗い影を宿した目は瞬きもせず、ただじっと見下ろすだけだ。

「おまえだけだ…。本当に俺を見て、俺と同じ気持ちになってくれるのは…」

「瑞希…」

告げられた言葉は胸に刺さったが、美鈴は迷いを断ち切るように顔を背《そむ》けた。

どれほど瑞希を助けたいと思っても、これはかりはどうすることもできない。それが禁忌《きんき》だからではなく、美鈴はただ、黒蓮と白蘭以外の誰かを受け入れることなど考えられないからだ。

心も身体も、美鈴の全部は二人のものなのだ。

「離して」

静かに告げたが、瑞希の反応はない。暗い瞳をしたまま、指で美鈴の唇をなぞっただけだ。ぞくりと背筋を冷たい感触が這《は》い上る。身体の芯に力が入らず、ほとんど体格差のない瑞希を押し退《の》けることができなかった。さらに顔を寄せられて、美鈴は叫んでいた。

「瑞希！　離してってば…っ」

パシンと音を立てて引き戸が引かれる。怒気を漲《みなぎ》らせた黒蓮と白蘭が瑞希に摑みかかる。

「瑞希…、貴様、ふざけるな！」

「離れるんだ、瑞希！」

あれほど絶対だった二人の言葉に瑞希は「嫌だ」と逆らった。

「俺は、美鈴の中に入る。ずっと美鈴のそばにいるんだ」

ぎゅっとしがみつかれて心が痛んだが、どうしてやることもできない。黒蓮が無理やり瑞希を引き剝《は》がすのを、目を閉じて耐えていた。

白蘭が氷のように冷たい声で黒蓮に言う。

「大淀姫がいらっしゃるまで、瑞希は縛っておいて」

その言葉にはっとして視線を上げるが、白蘭は厳しい語調で言葉を続ける。

「身体を持ったまま一つになることがどういうことか、注意したはずだよ」

銀色の瞳が割れ硝子のように鋭く美鈴を貫く。白蘭から向けられる初めての強い叱責《しっせき》に、美鈴の口からは言葉が消えた。

「太古の昔から互いに溶け合うためにあるたった一つの方法。人も、獣も、誰に教えられなくともそこに辿りつく。身体を持った自然の気も同じだ」

だけど、それを決して許すわけにはいかないと、氷のように凍《い》てついたままの銀色の瞳で白蘭は告げた。隣では、瑞希を締め上げたままの黒蓮が、同じように厳しい横顔を見せている。

「千年の眠りがどうこう言ってるんじゃない。男として、誰かがおまえに触れることが許せんのだ。いっそおまえをさらって、どこかに閉じ込めておきたいくらいだ」

後ろ手に捻《ひね》り上げられた瑞希は、ぐったりと頭を下げたまま動かない。放してあげて欲しかったが、とてもそれを言い出せる空気ではなかった。

自然の気だという瑞希を、黒蓮と白蘭はやはり人ではないものとして見ている。素朴で邪気のない瑞希は、確かに自然の中の小さな生き物を思い起こさせる。けれど、一方で、人の暮らしに馴染もうと、瑞希は何にでも一生懸命だった。美鈴はそれをずっと見てきたのだ。

宿る場所のない気がどのようにして存在してゆくのか、美鈴は何も知らない。人の姿で在《あ》り続けるのか、形のない気に戻るのか…。どちらにしても、どうか少しでも幸せな日々であってくれればと願

うだけだ。

（そのために自分の身も差し出せないのに、そう願う資格はないかもしれないけど…）

ごめんね、と小さく呟く。俯いたままの瑞希の髪が、ほんの僅かに揺れた気がした。

結局、美鈴の視線に耐えきれず、黒蓮と白蘭は瑞希を縛ることは諦めた。代わりに美鈴を二人が休む続き間へとつれてゆく。さすがに求められることはなかったが、黒蓮の腕に痛いほどきつく抱かれて寝る羽目《はめ》になった。

身体が痺《しび》れてきた頃に、ようやく寝入った黒蓮から白蘭が美鈴を引き剥がす。

軽く抱き寄せただけで、手を握ってくれている先見の神様を美鈴は見つめた。「何？」と、穏《おだ》やかさを取り戻した銀色の瞳が見つめ返してくる。

「瑞希は、どうなっちゃうの…？」

美鈴の問いに、さあ、とほとんど吐息のような声で白蘭が答える。

「処分は大淀姫が決めるだろうから、それに従うしかないね」

不安げな目で見つめ続けていると、「もうおやすみ」と瞼を閉じさせられた。処分、という言葉の響きが美鈴の胸に重く残った。


泉を中心に周囲を覆っていた寒気は、その日のうちに徐々に緩み始めた。日が傾き始める頃、一陣の風が母屋の庭で花弁《はなびら》を散らし、大淀姫の到着を伝える。

漆黒の蓮《はす》の花と純白の胡蝶蘭《こちょうらん》に埋め尽くされた泉のほとりに、黒蓮と白蘭に従い美鈴と瑞希も控えていた。

木々の葉を震わせるようにしてざわりと杜《もり》全体が騒ぎ、清浄な大気があたりに満ちると、明るく輝き始めた泉の上に水の女神が姿を現す。千年ぶりに泉を訪れた大淀姫は、伸び上がる黒い蓮の花とそれに応える白い胡蝶蘭をしばし眺めているようだった。

「この花を見るのも久々じゃの」

胸に手を当てたまま跪《ひざまず》き、黒蓮と白蘭は女神に礼を尽くしている。二人の後ろで、正座の瑞希は額を土につけんばかりに頭を下げ、美鈴もそれに倣《なら》って深く頭を下げていた。

姫神の到着にざわついていた杜が落ち着くのを待って、大淀姫は静かに命じた。

「一同、面《おもて》を上げて楽にせよ」

黒蓮と白蘭の立ち上がる気配を感じて、美鈴も顔を上げる。大淀姫は、半分透き通る姿で泉の中央にふわりと浮かんでいた。

美しい、女神だった。

年の頃は、美鈴よりやや上くらいだろうか。実際には数千年、あるいはそれ以上の長い時を過ごしてきたはずだが、その姿は咲いたばかりの花のように瑞々《みずみず》しい。深い湖を思わせる青みがかった瞳が、前方に立つ黒蓮と白蘭に注がれている。

「こたびは二人揃《そろ》うて伴侶を得たとのこと、めでたいことよの」

軽く頭を下げて、二人が応える。大淀姫の視線が動き、美鈴の姿をゆっくりと辿った。

「その者が、そなたらの験《しるし》の伴侶であるか。ちと前へ」

白蘭に手を引かれて一歩踏み出す。まっすぐに見上げると、水の女神は僅かに目を眇めた。心臓が嫌なふうに脈打つ。

顔立ちこそ母に似ているが、美鈴が男であることは一目見ればわかる。眇められた視線は、やはりそれを問題にしているのだろうか。

絶望に似た悲しみが胸に湧《わ》き上がるが、今さら逃げるような真似《まね》はしたくなかった。美鈴はまっすぐ向けた視線を逸らすことなく女神を見つめ続ける。すると、群青にも見える黒い目が何かを納得したかのように僅かに緩んだ。

「…わらわの姿が見えておるようじゃの」

美鈴が頷くと、美しい顔には微かな驚きとともに笑みが浮かぶ。

「ほう…、声も聞こえておるか。たいしたものじゃ…。実体化せずとも話ができるのは助かるの。不《ぶ》躾《しつけ》にじろじろと見て、すまなんだ」

軽やかに謝罪の言葉をかけられ、美鈴は少し驚いた。

水の女神は瑞希と同様に、美鈴には姿が見えないものと思っていただけのようだ。目を眇めたのは、美鈴の視線を確かめていたのだとわかり、胸のざわめきが凪《な》いでゆく。

「普通、数ヶ月程度ではまだ、験の相手以外を見ることはできぬと思うておったわ」

独り言のように呟き、大淀姫は黒蓮と白蘭を交互に見る。さては、ずいぶんと励んでおるようじゃな…と感心とも呆れとも取れる曖昧《あいまい》なため息を吐き、美鈴には労《いたわ》るような視線を向けた。なんとはなしに居心地の悪い気分になる。もしや、夜のことを言っているのだろうか…？

「まあ、よい。そなたとは、後ほどゆっくり話すとしよう」

次に大淀姫は、瑞希に厳しい視線を向けた。昨夜の状況はすでに伝わっているようで、すぐに詮議《せんぎ》にかかる。

「今聞いておった通り、この者は氏神たちの伴侶である。石碑に封じられておったはずのおぬしが、ふらふらと現れ出て宿ってよい相手ではないぞ」

瑞希は微かに頷いた。昨夜の勢いはすでになく、消沈した様子で項垂《うなだ》れている。何か申し開くことがあるかと問われて、小さく首を振る。一瞬、向けられた瞳の奥にあの暗い影はなく、おそらくもう宿りたがることはないだろうと美鈴にはわかった。

（許してあげることは、できないのかな…）

だが、大淀姫は事務的に処分を言い渡す。

「もう一度、石碑に戻すゆえ、そこでおとなしくしておれ」

「待ってください！」

考える間もなく叫んでいた。思いのほか強くなった口調に、大淀姫を始めとした全員が振り返る。

咄嗟に言葉が口をついただけの美鈴はうろたえ、慌てて口元を覆うが、待って…と言った言葉そのものに躊躇いはなかった。

「そなた、わらわの采配《さいはい》に異論があると？」

冷ややかに見下ろされて、全身が凍りつく。指先が震えそうになるが、それをぎゅっと握り締めて、もう一度願い出た。

「どうか、待ってください。瑞希を…、封じることは」

美しい顔に皮肉な笑みを浮かべた女神は、それでも温情のある処分をしたつもりだと告げる。本来ならば、美鈴に触れようとした段階で、黒蓮の雷に撃ち抜かれても文句は言えないはずだと。なぜそうしなかったのか不思議だとさえ言った。

だが、なおも頷かない美鈴を見ると、不機嫌に歪《ゆが》めた唇で「それとも、そなたを瑞希に差し出すか」と問う。瞬時に大きく首を振るのを、青みを増した瞳が睨みつけた。

「ならば、どうしろと言うのだ」

不快をあらわにした大淀姫に、杜全体が震える。

竦んだ美鈴の身体を、白蓮が静かに引き寄せた。かばうように黒蓮が一歩前へ出ると、怒りを滲ませた女神は「おぬしらごときが、わらわに逆らうか」と低く一喝《いっかつ》する。

「黒蓮よ、いかにおぬしの腕が立つとて、このわしの敵ではないぞ」

「もとより承知」

黒い睫毛を伏せた戦いの神に、大淀姫の鼻の先には嘲笑《ちょうしょう》めいた笑いが浮かぶ。

「承知の上で、その巫女《みこ》とともに命を捨てると申すか」

黙って目を伏せたままの黒蓮と、美鈴を腕に包んでじっと動かない白蘭を、水の女神はしばらく無言で睨み続けていた。やがて青い炎を浮かべた瞳は波のない水面のように穏やかに色を変える。なるほどの…と小さく呟く声が聞こえた。

「それほどまでに思うておれば、その者が神と同じになるのも早かろうて」

名は、と短く問われて「美鈴です」と告げると「よい名じゃ」と返されて、ぎこちなく礼を言う。

「では、聞くがの、美鈴。瑞希のような迷い神は全国至るところにおる。その中で瑞希だけを助けてやるのは正しいことかの？」

深い群青の瞳で静かに問われて、美鈴はしばし考える。国中から絶えず陳情が寄せられるという水の女神は、八百万と言われる数多《あまた》の気の一つ一つを全て救うことは叶《かな》わないのだろう。おそらく救いたくとも、叶わないのだ。ならば、人と自然と気とが混沌《こんとん》とした中で設けた決まりに委ねるしかない。自然に手を加えた人間が、宿る場所を失くした気のために石碑を建立して封じるのは、人と気が共生する上で必要なことなのだ。

たとえそれが、気の望みに叶うものでないとしても。

全てを救えない以上、公平を貫く。女神の姿勢はきっと正しい。

けれど…。

「全員を助けられないことが、目の前の一人を助けない理由にはならないと思います…」

美鈴の返した答えに、女神は「ほう…」と微かに首を傾げた。湖のような深い瞳で美鈴をじっと見《み》据《す》える。やがて長い睫毛がゆっくりと伏せられていった。

「それもまた、真理かもしれぬの」

伏せた瞼が僅かに開き、遠い過去を見つめるような瞳が覗いた。数多の事象を混沌の中に孕んだ歴史の影が、その青い瞳を通り過ぎてゆく。数千数万の時を、水を司る大神として君臨してきた女神は、今もまだ何を是《ぜ》とし何を非とするかを決めかねて、過去を反芻《はんすう》し、悩み揺れているかのようだ。

「…何が正しいかなど、もとより誰にも決められぬことかもしれぬの」

女神の呟きに、ふと、人の世のささいなルールに揺れていた自分を美鈴は顧みた。

「正しいことだけがよいこととも限らぬ。心のままに、信じるものを選び取ることも時には大事かもしれぬ…」

ふっと、吐息とともに笑みを漏らした女神は、本心では瑞希を救いたいと願っていたのだろう。それが許されない立場であるからこそ、不用意に助けを求める美鈴に腹を立てたのだ。

諦めに似た風情《ふぜい》で肩の力を抜いた大淀姫が、ならば美鈴は瑞希にどうあって欲しいのかと問う。ただ「幸せに」としか返すことができない美鈴に、姫神は僅かに頷く。

どこからか桜の花が一片《ひとひら》、ふわりと舞ってきた。その花弁を目で追いながら、美しい女神はぽつりと言う。

「淀沼が埋め立てられて、水脈は一つ出口を失くしておる」

瑞希が顔を上げた。

「古い枯れ井戸を預けるゆえ、そこに宿って新たな出口を与えるがよい。新しい田ができ、田の神も生まれておるゆえ、その者と力を合わせ田畑を十分に潤すのじゃ」

田の神の名はアオタヒコといい、枯れ井戸を守ってそばにいるはずだから訪ねてみるようにと言う。

「桜の木が目印じゃ…」と、風に流れてゆく一片の花弁を見送り静かに教えた。

目を見開いて聞いていた瑞希は、やがて深く頭を下げて震える声で感謝の言葉を口にした。

「イッチノサクラヒコと名を改め、よく努めよ」

瑞希が石を投げ込めば、井戸には水が満ちるだろうと続ける。

それから大淀姫は、淀沼が埋められたことによるいくつかの影響について話し、細々とした忠告を瑞希に与えた。

「それにしてものぉ…」

ひと通り瑞希へのレクチャーを済ませると、大淀姫は悩ましげに視線を巡らせた。

「美鈴よ、そなたはずいぶんと愛されておるの…」

何しろ、有史以来の新記録じゃから、などと言われ、話の向かう方向に一抹《いちまつ》の不安を覚える。

「おなごであれば、子を生《な》す頃には身も心も伴侶と深く結び合《お》うて、氏神と同じものが見えるようになるものじゃが…」

いやはや、とお手上げのポーズを取られて、美鈴は、やはり夜のことをほのめかされているのだろうかと顔を赤らめる。

「わらわに歯向かうだけの気概と、わらわを動かすだけの弁を持つか…。黒蓮と白蘭が、ともにそなたを望んだのもわかるの」

黒蓮、白蘭、と呼びかけた女神に応えて、二人が姿勢を正す。

「実によい伴侶を得た。褒めてつかわす」

二人の顔が誇りに輝くのを見て、女神は「メロメロではないか」とうんざりしたように顔をしかめる。白い綿帽子の横に立つどんな花婿よりも誇らしげな黒蓮と白蘭の姿が、美鈴の瞼に焼き付いた。

ほかに何か、と問われて、美鈴はなんの気なしに「瑞希のような迷い神を、できるだけ助けてあげて欲しい」と口にする。大淀姫は、困ったように、だが、ひどく嬉しそうに笑って答えた。

「なんと難しいことを申す巫女じゃ。わらわにどれだけ働けと言うのじゃ」

そう言いながらも、感謝の滲む眼差《まなざ》しで女神は頷く。

「あいわかった。善処《ぜんしょ》いたそう。美鈴、そなたに会えて嬉しく思うぞ。祝福いたす。末長《なご》う幸せにの」

ふわりと花が揺らめいて、次の瞬間、美しい笑みを湛《たた》えた大淀姫の姿は、もうそこにはなかった。警戒するように鎮《しず》まったままの杜に暖かい風が吹き抜ける。次に向かう土地は、きっと南にあるのだろう。

(…祝福、いたす)

ただのひと言も、美鈴が男であることや、二人を同時に愛していることを問題にすることはなかった。よい巫女だと、会えて嬉しかったとだけ言ってくれた。そして、祝福すると…。

(ありがとう、ございます…)

礼を言いそびれたことを思い出し、心の中で深く頭を下げる。ふいに滲んできた涙を瞬《まばた》き一つで収め、愛しい二人の視線に笑顔で応えた。心に残った小さな染みが、淡く溶けて消えるのを見送る。

母屋に戻る道を、瑞希は少し遅れて歩いていた。美鈴が振り返ると足を止めてしまう。

「どうしたの、瑞希?」

しょんぼりと肩を落とした瑞希は、小さな声で「俺…」と言ったきり、言葉が見つからないようだった。そばまで戻って辛抱強く待っていると、ようやくぽつりと話し出す。

「俺、おまえになんて謝っていいか…」

泣きそうに顔を歪めて、「おまえがお二人の伴侶だなんて知らなくて、俺…」と辛そうに続ける瑞希に、美鈴はもういいんだと教えるように、そっと触れた。

軽く腕を叩《たた》いただけなのに、瑞希は弾かれたように顔を上げた。昨日の今日で、たとえ僅かでも美鈴から自分に触れることがあるとは信じられなかったようだ。

人に宿ることもあると知れば確かに問題はありそうだが、美鈴はあまり瑞希が悪いようにも思えなかった。

「瑞希が眠ったまま消えちゃわなくてよかった。ちゃんと行くところもできたし、幸せになるんだよ？」

ゆっくりと告げると、瑞希は俯くようにして頷いた。

「明日は、みんなで井戸を見に行こうか」

もう一度小さく頷いた瑞希は、やがて声を上げて泣き始めた。元が気だったからといって、人となって感情がないはずはないのだ。身体を持てば、暑さも寒さも空腹も渇きも感じる。疲れればイライラするし、体調がよければやる気も出るというものだ。痛みや苦しみも、それに伴う恐怖も知るし、触れ合えば、その悦《よろこ》びとともに愛しさも知るだろう。心と身体はつながっている。

ひとしきり涙を流した瑞希は少し疲れたような情けない顔になったが、これも美鈴のよく知るものだ。泣くのは疲れる。そして、この疲れは心を空っぽにしてリセットしてくれる。瑞希もようやく照れたような笑顔になって、もう一度頷いてみせた。

ずっと先の母屋への曲がり口で、黒蓮と白蘭が「早くしろ」と呼んでいる。夕食の時間に遅れると、黒蓮がうるさい。瑞希の手を引いて、美鈴は走り始めた。


大淀姫から瑞希に預けられた井戸は、淀沼の石碑にほど近い一本の桜の木の下にひっそりと残されていた。古い木枠の囲いは朽《く》ちかけて、釣瓶《つるべ》をかけるためにあったはずの柱や梁《はり》もすでにない。人が落ちることを防ぐための覆いがかけてあり、それを外して覗き込んでみたが、中は暗く、深い底の様子はわからなかった。

白蘭が道端の石を拾って投げ込む。カン…と乾いた音が底のほうでこだました。

「確かに枯れ井戸だね…。もうずいぶん長い間使われてないみたいだ」

宿っていた古い気がいなくなって、この井戸は枯れたのだと大淀姫は言っていた。淀沼が埋められたことで流れの出口を失くした水脈がすぐに天変地異を引き起こすことはないが、大淀湖と地下水脈で結ばれた豊かな水は無駄にするには惜しい。この井戸が使えるようになれば、新たにできた周辺の田に引くのにちょうどよいはずだと、水の女神は言った。

「おい。石を投げ込むのはよせ。…って言ったって、聞いてないか」

背後で声がして一斉に振り返ると、精悍《せいかん》な顔立ちの少年が驚いたように一歩後ずさる。相手に声が届いたことに驚くその反応は瑞希と同じものだった。

「もしかして、きみがアオタヒコ？　大淀姫が言っていた新田に宿った気の…？」

「そういうおまえは誰だ」

警戒をあらわにして、少年が身構える。

「白蘭。アメノシロハナツミと言ったほうがわかるかもしれないな」

「アメノ…」

少年の目が見開かれる。

「アメノシロハナツミノミコトさま？　氏神様か？」

白蘭が頷き、黒蓮をツチノクロハナツミノミコトだと教えると、少年は交互に二人を見比べ、やがてはっとしたように胸に手を当てて片膝をついた。深く頭を下げて「草太《そうた》」と名乗る。

そんなに畏《かしこ》まらなくていいと白蘭が笑い、草太は遠慮がちに立ち上がる。「で、草太はここで何してるの？」と問うと、待っているのだという答えが返った。

「ここに、桜姫が来るってお告げがあったから」

桜姫…？　一同が問い返すように見つめる中で、草太は嬉しげに頬を染めてはにかんだ。

「俺のお嫁様になって井戸に宿る気だ」

一瞬言葉を失う。眠っている時に聞いた水音に混じっていた声が言ったのだから、大淀姫からのお告げなのだと草太が続ける。何か微妙な空気が場に満ちるが、すぐに立ち直った白蘭が諭すように草太に告げた。

「草太。よくお聞き。その井戸には、ここにいる瑞希が宿る。淀沼の気だったヌマツチノヨドヒコだよ。今からはイッチノサクラヒコと名乗る」

白蘭が告げるのと同時に、微かな水音が井戸の底に響いた。

「瑞希、これを」

白蘭がもう一度石を手に取る。草太を見て微笑むと、石を投げるなと言った田の神は軽く頷いて了承の意を示した。

井戸の上に手を伸ばし、瑞希が石を落とす。

底のほうでポチャンと水音が立ち、何かが湧き上がる気配のようなものが井戸全体を包んだ。覗き込んでいると、見る間に目の届く位置に水面が上がってくる。枯れていた井戸に水が満ちる。

「イッチノサクラヒコ…」

草太の呟きに、瑞希が微笑む。瑞希だと名乗ると草太も嬉しげに笑みを返した。

「瑞希…。おまえが俺の桜姫なのか？」

大きな切れ長の黒い目で、じっと草太が瑞希を見つめる。どう答えたものかと迷っている様子の瑞希に、やがて照れたように頬を染めて草太は呟いた。

「おまえ男みたいだけど、綺麗だから許す」

その言葉に、瑞希が瞬く。

「お告げでは、俺はしばらく人の姿でいるらしい。すぐに大人の身体になると言っていたから、もう少し待てよな」

しばらくきょとんとしていた瑞希は、草太の顔に年齢に似合わない艶やかな笑みが浮かぶのを見て、徐々に顔を赤くし始めた。

黒蓮と白蘭が興味深げに二人を見る。

「草太は、人間で言えば十三、四といったところか」

「一、二年もすれば、立派に男として頑張れるんじゃない？　瑞希も楽しみだね」

二人に背を押されて、瑞希は草太の正面に立った。今はまだ、瑞希のほうが頭半分ほど背が高い。

慌てている瑞希を余所に、草太は落ち着いたものだ。少し高い位置にある頬を両手で包み「近くで見ても綺麗だな」と囁く。そして、そのままそっと唇に触れた。

呆気に取られて見ていた美鈴は、行こうか、と白蘭に促されてそそくさと逃げるようにその場を去った。

少し離れたところで振り返ると、満開の桜の木が、遠くからでもまわりの景色に浮かび上がっている。

（瑞希も…）

どんなに離れたところからでも、これからはきっと、草太が瑞希を見つけ出すだろう。


翌日、楓を手伝いに呼んだ黒蓮は、美鈴の部屋から机と本棚を運び出して、瑞希が使っていた四畳半に運び込んだ。

「客間がないのは、いざという時不便だからな」

増築をするほどの予算はなく、どのみちこれ以上広くしても掃除が面倒だからと、美鈴の部屋を客間に改築することになったのだ。

「おまえの部屋は八畳間だし、もとは両親とおまえとで使っていたというから、俺たちがそっちへ移ればいいと言ったんだが…」

祖父と何度か協議した末、祖父の「おまえさんらのようなでかい男二人が一緒では、あの部屋だけでは美鈴の息が詰まる」というひと言で黒蓮が折れたのだと言う。祖父もだいぶ遠慮のない物言いをするようになったと思ったが、それでもやはり、家の中で一番格上の部屋を二人に使って欲しいと思うのは、敬意の表れなのだろう。父には悪いが、神様である二人は、世間一般の娘婿《むすめむこ》と同じにはできなかったのだ。…祖父のことなので、言葉通りだった可能性は残るが。

美鈴が衣類や布団を四畳半に運び始めると、黒蓮が怪訝な顔で止める。

「おまえ、また人の話を聞いてないな」

「え?」

「布団は、俺たちの部屋だ。着る物もそっちでいいだろう」

じっと見上げる黒い瞳に、どこか淫靡《いんび》な光が宿る。

「話の流れから考えろ。じいさんは、あの部屋に俺たちが一緒ではおまえの息が詰まると言ったんだぞ」

大きな家具がひと通り運び終わると、楓は「配達あるからこのへんでいいか」と断って帰ってしまう。母屋側の入口から庭先に入ってきた軽トラックに、古いけれどしっかりした造りのベッドが積み込まれてゆくのが見えた。白蘭が顔を出して言う。

「リサイクルショップに出そうかと思ったんだけど、アキラさんがいるって言うから譲ることにしたよ。いつもおだんごもらってるから、特別大サービスでタダね」

娘が中学生になるので部屋を仕切って個室を与えたのだと、トラックから降りてきたアキラさんが補足する。ベッドを欲しがっていたので助かるとにこにこされては、いまさらダメだとは言えない。

「俺たちとおまえは伴侶になったというのに、別々の部屋で休むのは不自然だとは思わないか」

「それは…」

そうなのかもしれないが…。

「来客用の部屋が必要だったのは確かだが、一番の肝《きも》はそこだ。忙しさに紛《まぎ》れて遅くなったが、今夜からは一つ部屋で休むぞ」

まだ戸惑ったまま見上げる美鈴に、黒蓮はふっと表情を和《やわ》らげる。「何も毎日やらせろと言ってるわけじゃない。俺が何週間我慢できたかわかってるだろう」

そうして大きな身体で包み込むように抱き締められていると、白蘭がやって来てつむじにキスをしながら囁く。

「美鈴がかわいくて愛しいんだよ。昼間はみんなやることがあって忙しいでしょ？　夜の間だけでも手の届くところに置きたいと思うのは、だめ？」

そんなふうに聞かれて否《いな》と言えるはずもなく、二人に交互に与えられたキスを受け入れることで美鈴は了承の意を示した。

そして、その夜…。

「しないって言ったのに」

「バカを言うな。どれだけ溜《た》まってると思ってるんだ」

寝巻きを脱がせてゆく白蘭の手に従いながら形ばかりの抗議をした美鈴を、黒蓮が軽く一蹴する。

この時を待ち侘びていたのは美鈴も同様だとわかっているのだ。

身体中へのキスと愛撫《あいぶ》を受け、すぐに昂《たかぶ》った。時間が空いたことで、互いの裡に飢えにも似た強い欲望が存在しているのがわかり、それがいつにもない高揚感を生む。

仰向けに横たわる黒蓮に身を乗り上げ、大きな杭《くい》を口に含んだ。自身も含まれながら、白蘭の指に後ろをほぐされる。覚えた愉悦への期待に身体中が震え、慎ましく閉じていた蕾《つぼみ》は呆気《あっけ》なく開き始めた。

「久しぶりなのに、柔らかくなるの早いね…」

掠れた甘い声が囁くのと同時に腰が持ち上げられ、最初の抵抗を押し広げて熱の塊《かたまり》が入り込んできた。ひくっと喉を鳴らして息をのみ込む。

馴染ませるような抽挿《ちゅうそう》がひとしきり繰り返される。白蘭に感じる一点を丹念に突かれ、ん…と、吐息に混じって声が零れる。

抑えようとしても、もう限界だった。

「美鈴、声聞かせて…」

ゆっくりと一番いいところをかき混ぜられて、何も考えられなくなる。

「ん、あ…、あ、あ…っ」

「いい…?」

「いい…、ん、いい……っ」

何度か抜き差しされていたものがふいに去ってゆき、腰を捩《よじ》るようにしてそれを追い求めた。すぐに黒蓮がその腰を引き上げて、自身の楔《くさび》を打ち込む。

「あ、あ——…っ」

奥まで一息に埋め込まれて、叫びにも似た嬌声を上げた。そのまま抱き上げられて、白蘭の上に顔を跨《また》ぐような四つん這いにさせられる。

胸の先端をまさぐられながら中を穿《うが》たれて、腰が複雑に揺れ動く。そのたびに白蘭に含まれた自分自身にもさまざまな刺激が加わって、鋭い愉悦に頭がおかしくなりそうだった。両手を伸ばして白蘭を包み込み、荒い息のまま夢中で舌を絡ませた。

実際にしてみるまでは思いもしなかったことだが、男を含むと心の奥から愛しさが溢《あふ》れ出る。

好き…と、ただその思いだけが胸いっぱいに満ちてくる。

好き、好き…。二人の全部が、好き…、と。

二つの飾りをきゅっと摘《つま》み上げられてビクンと身体が跳ねた。く…と黒蓮が呻く。

「…締まるな」

美鈴はそのまま達しかけたが、白蘭の指に根元を戒められて叶わない。

「…いや、白蘭。は、なして…っ」

「ごめん、美鈴…。もう少し、ね」

一緒にいこう、と囁きながら舌の先で鈴口を突《つつ》かれて「いや…ぁ、あ…」と甘すぎる嬌声が零れた。涙を滲ませ振り向くが、二人は満足げに笑うだけだ。恥ずかしさは感じない。とうに頭はどうにかなってしまっている。

何度か複雑なリズムで抉《えぐ》った後で、黒蓮は徐々に活塞《かっそく》の速度を上げ始めた。口に含んだ白蘭を噛《か》んでしまうのが怖くて、両手に包んで握り締める。

「あ、あ、あ、あ、あ…っ、ああ――――……っ」

ぎゅっと身体全体を絞り上げるようにして高みへと駆け上がる。深く呻く低い声が首筋に落ち、跳ねるような勢いで身体の奥の熱い硬直が弾けた。両手で包み込んだ白蘭からも白濁《はくだく》が放たれ、肩のあたりが温かい飛沫《ひまつ》に濡れる。戒められていた美鈴自身が解放される。視界が白く飛んだ。

どこかでぼんやりとした綿帽子が動いたが、すぐに霧《きり》のように消えた。もういいのだと満ち足りた声が教える。

休む間もなく硬度を取り戻した黒蓮をそのまま受け入れて横になると、指を絡ませるように手を取って、白蘭が瞳を合わせてきた。

「どうだった？」

気持ちよかった…。言葉にせずに瞳で告げて微笑む。背中から黒蓮に抱かれたまま、両手を伸ばして白蘭の首筋に抱きついた。その腕をそっと緩めて、白蘭が深い口づけをくれる。後ろを突かれながら舌を絡ませていると、下肢《かし》に再び熱が集まるのがわかった。

そのまま二度目の交わりが始まることに異論のある者はいない。

足を高く持ち上げられて、上から黒蓮に突かれた。苦しい体勢のまま顔は横を向かされて、白蘭のものを含むように促される。

「ん…、んん……」

舌を絡ませるようにして舐《な》め上げると、白蘭の喉から熱のある吐息が漏れて美鈴の興奮をかき立てる。つながったまま身体を下ろされて、黒蘭の鋭い楔を断続的に打ち込まれると、反り返るようにして身体が跳ねて、不安定な中心が左右に揺れた。知らず自らの手で摑むと「自分でするのか」と揶揄されたが、それを深く考える余裕はない。

白蘭のものを夢中で舐め上げながら、身体の奥を貫く熱に悶《もだ》えて自らに指を絡ませる。どの刺激が誰に与えられるものなのかもわからないまま、美鈴は愉悦の中に溺れていった。

「ずいぶん待たされたんだ。朝まで覚悟しろよ…」

明日は仏滅で、仕事は休みだろう…と、荒い息で腰を打ちつけながら、黒蓮が確認する。仏教もキリスト教も混然一体となって信仰されるこの国では、神道でもやはり仏滅の結婚式は少ないのだ。

「鈴虎さんは、朝からお花見だって、言ってたしね…」

汗ばんだ肌を抱き上げながら応じる白蘭の息も乱れている。お花見には、美鈴も行きたかった…。

「じいさんがいないんなら、このまま明日の夜まで続けるか」

きっと、行けない。朦朧《もうろう》とした意識の中で、それだけはわかった。

黒蓮の強い活塞にさんざん激しく責められた後で、白蘭の絶妙としか言いようのないやり方に泣かされた。

「あ…っ、いや…、いや、そこ…っ」

一番感じる場所を先端の丸い部分で擦られると、白い花火が散るような快感が脳を焼く。

「ああ…、だめ…、白蘭、そこ…ぉ」

「いや？　やめる？」

ふふ、と笑って引き抜こうとする白蘭を、慌てて締め付ける。手を取って導かれた先で、いつでも交代できそうな黒蘭を握らされて、けれど今はまだこれがいいと顔を歪めて訴えた。

「いや、やめないで…」

「もっとする？　もっと欲しい？」

「ん。もっと…して！　あぁ…、もっと、もっと…っ」

そこ、擦って…。もっと…。

何も、恥じなかった。快楽に溺れ、身体中を汗やさまざまな液体で濡らし、絡み合い、あらゆる痴《ち》態《たい》を互いの前に晒《さら》け出す。おかしくなって、狂うほど求め合う時間の、なんという幸福だろう。この幸福の、何を暗く思い悩むことがあるだろう。

同時に迎える何度目かの絶頂が、心と身体を天国に投げ出す。

昇華する…。

この行為は、美鈴と黒蓮と白蘭の心と身体の全部が一つになるものだ。互いの全てが溶け合って、この世の幸福を体現する。言葉や、規範、どんな嗜好《しこう》や思想も追いつけない深みで固く結び合う。この瞬間を超えて意味を持つものなど、何もないように思えるほどに強く…。

だからこそ、人には肉体が与えられているのだ。愛する者と、心だけでなく全てで睦み合う幸福のために。

瑞希が草太を伴って母屋を訪れたのは、数日後の夕暮れのことだ。

「またお告げがあって、俺たちこれから何十年か人の姿でいるらしい」

「へえ…」

草太の言葉に「よかったね」と言いかけて、はたしてそれは二人にとってよいことなのだろうかと美鈴は考えた。僅かな期間なら、誰とも関わり合わずとも寂しくはないのだろうが…。

瑞希の淡い瞳が明るく微笑む。

「美鈴は、俺たちの姿がみんなに見えないことが心配みたいだけど、草太によるとだんだん見えるようになるっていうか…気配が濃くなるらしいんだ」

「え、ほんと？」

だとしたら、すごく嬉しいことだ。

草太が続ける。

「俺が知ってる古い田の神が言ってた。二、三ヶ月もすればだいぶ人に見えるようになるし、半年くらいでほとんど人間になるんだってさ」

「へええ！」

何週間かでは無理だけれどな、と草太は笑って付け加えた。急に現れるより、そのほうがまわりとうまく馴染めるのだと言う。人間社会のルールなどもその間に身に付けるシステムらしい。

「気が何年も人の姿でいることは珍しいから、そこのところがよく知られてないんだよな」

草太の言葉に、美鈴の口から問いが零れる。

「でも、どうして二人はそんなに長く人の姿でいることになったの？」

「そ、それは…」

なぜか瑞希が慌てふためく。誇らしげに輝く笑顔で、草太が答えた。

「俺と瑞希が伴侶だからに決まってる。深く結び合うには、やっぱり身体は必要だからな」

あとがき

こんにちは。はじめまして。橋本《はしもと》悠良《ゆら》と申します。

この新書は、私の初めての本になります。いよいよ出るのかと思うと、緊張で身が引き締まる思いです。一方で不思議な気もしています。そして、やはりなにより嬉しいです。

始まりは一本の電話でした。あちこちに投稿していた時期を過ぎ、しばらく経ったある日のことです。「もう少し、ＢＬ書いてみませんか？」と言っていただき、まだ何か書きたいと願っていた私は「書きます！」と即答していました。そして、まずは雑誌掲載の形で書き上げたのが本編の『純潔の巫女と千年の契り』です。その後、加筆と修正を重ね、続編を加えて、今回新書として出版の運びとなりました。

この間、あらぬ方向へ向かってばかりの私を根気よく導いてくださったのが、担当のＭ様です。たいへんお世話になりました。なんとお礼を言っていいかわかりません。鋭く的確なアドバイスで道を示していただいたおかげで、ここまで来ることができました。

また、周防《すおう》先生のイラストにとても励まされました。最初にキャララフをいただいた時の感動は忘れられません。顔が勝手ににやついて家族の不審を買ったほか、ドキドキと舞い上がったまま「ＢＬで頑張る！　ＢＬが好き！」と一気にその後の人生を決意していました。素敵なビジュアルをいただけて幸せです。お忙しい中、夢のように美しいイラストを描いていただき、ありがとうございました。

そのほか関係してくださった多くの方々にも、併せてお礼を申し上げます。

こうしてどうにか一冊の本を世に出すことができましたが、私自身はまだやっとスタートラインに立ったところです。どんなふうにしたら物語は面白くなるだろう、どんな主人公たちなら魅力的だろうと日々頭を悩ませつつ、その時その時の精いっぱいを形にしている次第です。課題はまだまだたくさんありますが、これからも精進して、多くの方に楽しんでいただけるものを書けるよう頑張っていきたいと思っています。

最後に、お手に取ってくださった読者の皆様、本当にありがとうございます。読んでいただけることが、書き手のなによりの喜びです。少しでも心地よい時間をご一緒できたなら、とても嬉しいのですが…いかがでしたでしょうか。ご意見ご感想などお聞かせいただけましたら幸いです。

そして、またどこかでお会いできますことを心より願っております。

それでは、だんだん寒くなりますので、風邪などひかぬようご自愛くださいませ。最後までおつきあいいただきありがとうございました。

愛と感謝を込めて。

二〇一四年十月　　橋本悠良

LYNX ROMANCE

小説原稿募集

リンクスロマンスではオリジナル作品の原稿を随時募集いたします。

募集作品

リンクスロマンスの読者を対象にした商業誌未発表のオリジナル作品。
（商業誌未発表のオリジナル作品であれば、同人誌・サイト発表作も受付可）

募集要項

＜応募資格＞

年齢・性別・プロ・アマ問いません。

＜原稿枚数＞

４５文字×１７行（１枚）の縦書き原稿、２００枚以上２４０枚以内。
※印刷形式は自由。ただしＡ４用紙を使用のこと。
※手書き、感熱紙不可。
※原稿には必ずノンブル（通し番号）を入れてください。

＜応募上の注意＞

◆原稿の１枚目には、作品のタイトル、ペンネーム、住所、氏名、年齢、電話番号、メールアドレス、投稿（掲載）歴を添付してください。
◆２枚目には、作品のあらすじ（４００字～８００字程度）を添付してください。
◆未完の作品（続きものなど）、他誌との二重投稿作品は受付不可です。
◆原稿は返却いたしませんので、必要な方はコピー等の控えをお取りください。
◆１作品につき、ひとつの封筒でご応募ください。

＜採用のお知らせ＞

◆採用の場合のみ、原稿到着後6カ月以内に編集部よりご連絡いたします。
◆優れた作品は、リンクスロマンスより発行させていただきます。
原稿料は、当社既定の印税でのお支払いになります。
◆選考に関するお電話やメールでのお問い合わせはご遠慮ください。

宛先

〒151-0051
東京都渋谷区千駄ヶ谷４−９−７
株式会社　幻冬舎コミックス
「リンクスロマンス　小説原稿募集」係

初出

純潔の巫女と千年の契り	２０１４年 リンクス１月号掲載
桜咲く頃	書き下ろし

この本を読んでの
ご意見・ご感想を
お寄せ下さい。

〒151-0051
東京都渋谷区千駄ヶ谷4-9-7
(株)幻冬舎コミックス　リンクス編集部
「橋本悠良《はしもとゆら》先生」係／「周防佑未《すおうゆうみ》先生」係

リンクス ロマンス

純潔の巫女と千年の契り

2014年11月30日　第1刷発行

著者……………橋本悠良《はしもとゆら》
発行人…………伊藤嘉彦
発行元…………株式会社　幻冬舎コミックス
〒151-0051　東京都渋谷区千駄ヶ谷4-9-7
TEL 03-5411-6431（編集）
発売元…………株式会社　幻冬舎
〒151-0051　東京都渋谷区千駄ヶ谷4-9-7
TEL 03-5411-6222（営業）
振替00120-8-767643
印刷・製本所…株式会社　光邦
検印廃止

ISBN978-4-344-83277-0 C0293
Printed in Japan

幻冬舎コミックスホームページ　http://www.gentosha-comics.net